Schneezeit

Vera Bleibtreu

Schneezeit
Ein Krimi

LEINPFAD
VERLAG

Die Handlung und alle Personen sind völlig frei erfunden;
Ähnlichkeiten wären rein zufällig.

© Leinpfad Verlag
Herbst 2011

Alle Rechte, auch diejenigen der Übersetzung, vorbehalten.
Kein Teil dieses Buches darf in irgendeiner Form (Druck, Fotokopie,
Mikrofilm oder ein anderes Verfahren) ohne die schriftliche Genehmigung des Leinpfad Verlages reproduziert oder unter Verwendung
elektronischer Systeme verarbeitet, vervielfältigt oder verbreitet werden.

Umschlag: kosa-design, Ingelheim
Lektorat: Angelika Schulz-Parthu, Frauke Itzerott
Layout: Leinpfad Verlag, Ingelheim
Druck: TZ Verlag & Print GmbH, Roßdorf

Leinpfad Verlag, Leinpfad 5, 55218 Ingelheim,
Tel. 06132/8369, Fax: 896951
E-Mail: info@leinpfadverlag.de
www.leinpfadverlag.com

ISBN 978-3-942291-20-0

**Für Friedrich Ani, den Freund,
der Sanftmut im Herzen trägt.**

Die Losungen der Herrnhuter Brüdergemeinde erscheinen seit 1731 in ununterbrochener Folge. Einzig die Nationalsozialisten versuchten, ihr Erscheinen zu verhindern, vergeblich.
Nikolaus Graf von Zinzendorf hatte für seine christliche Gemeinschaft in Herrenhut die Idee, jeden Tag unter ein Bibelwort zu stellen. Inzwischen sind die Losungsbüchlein ein jährlicher Bestseller, allein die deutsche Ausgabe verkauft sich eine Million Mal. Die Losungen werden in mehr als fünfzig Sprachen übersetzt und sind gedruckt oder im Internet einsehbar.
Einmal im Jahr trifft sich die Herrnhuter Gemeinschaft und zieht für jeden Tag des Jahres eine Bibelstelle aus dem Alten Testament – die Losung. Dazu wird thematisch passend jeweils eine Bibelstelle aus dem Neuen Testament ausgesucht – der Lehrtext.
Unzählige Menschen auf der ganzen Welt lesen täglich die Losung und den dazugehörigen Lehrtext des Tages und erkennen erstaunt, wie viel ihr Leben mit diesen Bibelworten zu tun hat.
„Losungen sind das, was man im Krieg die Parole nennt."
(Zinzendorf)

Montag, 20. Dezember 2010, 0.23 Uhr

Losung: Soll denn das Schwert ohne Ende fressen? Weißt du nicht, dass daraus am Ende nur Jammer kommen wird?
(2. Samuel 2, 26)
Lehrtext: Wenn möglich, soweit es in eurer Macht steht: Haltet Frieden mit allen Menschen! (Römer 12, 18)

Es schneite. In Mainz ging gar nichts mehr. Innerhalb weniger Stunden hatte sich die Stadt in ein Wintermärchen verwandelt. Die Busse hatten den Betrieb eingestellt, Straßenbahnen waren steckengeblieben. Nur wenige Autoscheinwerfer suchten sich einen Weg auf den verschneiten Straßen.

Er hatte erst gar nicht versucht, sich ein Taxi zu nehmen. Der Weg von Bretzenheim nach Gonsenheim war ja nicht weit. Sein Auto hatte er vorsorglich zu Hause stehen gelassen. Er trank gerne und vertrug auch einiges, dabei fand er, dass das Leben zu kurz sei, um schlechten Wein zu trinken. Sein Freund Matthias Vollbrecht hatte allerdings einen ausgezeichneten Geschmack, sowohl was Kunst als auch was Wein betraf. Eigentlich hätte dazu auch ein heißblütiges Weib gepasst. Marianne Vollbrecht war zwar eine gute Köchin, aber ihr köstliches Käsefondue war auch alles, was er an ihr heiß fand. Er hielt sie für langweilig und bieder, ihr rundes, freundliches Gesicht und ihre bedächtige Art gingen ihm auf die Nerven. Er mochte Frauen, die Biss hatten, rassige Frauen mit Esprit, sie konnten ruhig ein wenig frech sein, im Bett hatte man mit ihnen allemal mehr Spaß als mit diesen faden Hausfrauen, die manche seiner Kollegen bevorzugten und die nur ihre Kinder oder – später – ihre Enkelkinder und das örtliche Fitnesscenter im Kopf hatten. Er fragte sich, worüber sich Matthias mit Marianne unterhielt.

Seit zwanzig Jahren waren er und Matthias befreundet. Die Ehe mit Marianne war nie Gesprächsthema gewesen. In der Regel zog sich Marianne glücklicherweise vor dem Grappa zurück und kam erst zur Verabschiedung wieder. Selbst wenn Matthias und er sichtbar nicht mehr ganz nüchtern waren, blieb sie gleichbleibend freundlich und zuvorkommend. Vielleicht hielt Matthias das bei seiner Frau.

„Marianne braucht eben Frieden und Harmonie wie die Luft zum Leben", hatte Matthias einmal zu ihm gesagt und vielleicht tat ihm das gut nach dem Haifischbecken Uni-Klinik, das Matthias Vollbrecht als Professor eines Instituts jeden Tag zu ertragen hatte. Da gab es genug Konflikte für jeden Geschmack, auch er selbst wusste oft nicht, wer vorne lächelte und hinten schon das Messer gezückt hatte. Einen Fehler konnte man sich nicht erlauben, das war klar. Matthias hatte sich durch Marianne eine Oase der Ruhe schaffen lassen – das musste er zugeben. Und die Sache hielt, die beiden hatten letztes Jahr Silberhochzeit gefeiert. Er dagegen war nach seiner Scheidung vor zehn Jahren gerade wieder frisch getrennt von Sabine. Er mochte sie. Sie war attraktiv und intelligent und er hatte viel mit ihr genossen, aber das Thema Kinder war bei ihm definitiv ein Trennungsgrund. Leider hatte Sabine dieses Thema jedoch angesprochen. Seine beiden Töchter kosteten ihn jeden Monat ein Vermögen und er hatte keine Lust, noch einen dritten Versorgungsfall zu produzieren. Dank seiner ausgezeichneten Anwältin und des neuen Scheidungsrechts musste er wenigstens an die Mutter nichts mehr zahlen, doch wenn er daran dachte, wie viel Geld er über die Jahre an seine zugegeben immer noch wunderschöne und kapriziöse Ex-Frau gezahlt hatte, nur damit die mit wechselnden jugendlichen Freunden ihre Reisen auf die Malediven und nach New York finanzieren konnte, kam ihm immer noch die Galle hoch. Er spürte es geradezu, während er jetzt daran dachte.

Wahrscheinlich hatte er doch eine Flasche zu viel getrunken. Der Spätburgunder war aber auch wirklich ausgezeichnet gewesen und wie immer hatten sich Matthias und er glänzend unterhalten. Manchmal dachte er unwillkürlich, dass er Matthias hätte heiraten sollen, dann würde er sicher auf eine glückliche Silberhochzeit zurückblicken können. Warum gelangen mit Frauen nicht so entspannte und zugleich anregende Verhältnisse wie mit einem guten Freund? Wahrscheinlich, weil die Erotik fehlte, aber auf die wollte er nun wirklich nicht verzichten, schwul war er nicht. Er seufzte.

Mit Männern war es auf der anderen Seite auch nicht einfach. Besonders für einen Mann wie ihn. Was auf Frauen so attraktiv wirkte, seine spürbare Männlichkeit, der Wille zur Macht, der ihm aus allen Poren drang, seine Energie und sein messerscharfer Intellekt, das stieß viele Kollegen ab, die die Konkurrenz scheuten. Er dagegen liebte Konkurrenz, den Wettkampf; im Mittelalter wäre er sicherlich ein begeisterter Turnierkämpfer geworden. Es gab viele Studentinnen und Studenten, die vor ihm tatsächlich Angst hatten. Auf Patienten dagegen wirkte seine Souveränität meistens beruhigend. Er hatte eine natürliche Autorität und wusste das auch. Er war groß, breitschultrig, kompakt, ohne dick zu sein, jemand, mit dem man sich schon vom Äußeren her nicht gerne anlegte. Als Diabetiker achtete er auf sein Gewicht, nahm es mit den strengen Vorgaben allerdings nicht zu genau – typisch Mediziner, dachte er manchmal mit einem Grinsen, sie rauchen und trinken zu viel, obwohl sie genau wissen, dass es schädlich ist. Daran hatte selbst sein Herzinfarkt vor zwei Jahren wenig geändert. Grimmig dachte er an Söderblöm – er wusste, wem er den Infarkt zu verdanken hatte.

Er stapfte durch den Schnee. Vorausschauend hatte er sich für seine wetterfesten Stiefel entschieden, Marianne hatte darauf bestanden, dass er die Schuhe nicht auszog, als er ankam. Mit einem Blick auf ihre kostbaren Teppiche hatte er es aber auf eine Auseinandersetzung ankommen lassen und sie beide hatten sich nach kurzem Disput darauf geeinigt, dass er Gäste-Hausschuhe anzog. Jetzt war er froh um seine guten Stiefel, die Marianne vorausschauend an die Heizung im Flur gestellt hatte, damit sie nicht auskühlten. Der Vollmond schien nur mühsam durch die immer dichter fallenden schweren Schneeflocken. Er schwankte leicht, und als der Schnee unter seinem rechten Fuß leicht einbrach, stürzte er. Die Gestalt, die ihm entgegengekommen war, bemerkte er erst im letzten Moment, als sich ihm eine Hand entgegenstreckte und ihn hochzog.

„Kann ich Ihnen helfen?", fragte eine freundliche Stimme. Ein Mann, das Gesicht konnte er kaum erkennen in der Dunkelheit. Er wehrte ab, klopfte sich den Schnee vom Mantel: „Nein, danke." Das hatte noch gefehlt. Gut, dass er sich den Montag freigenommen hatte, eigentlich wollte er nach Frankfurt in die Oper fahren, mal sehen, wie weit er morgen mit seinem Paper kam. So wie er sich jetzt fühlte, konnte es aber lange dauern, bis er aufstehen würde. Er hatte gehofft, die Kälte würde seinem Kopf gut tun. Er merkte jetzt, dass ihm leicht übel war. Wieso hatte der Mann gefragt, ob er helfen könne? Merkte man ihm den Alkohol an? Wie weit war es noch bis zur Kapellenstraße? Marianne und Matthias hatten ihn gedrängt, im Gästezimmer zu übernachten, doch er hasste es, in fremden Betten und Zimmern aufzuwachen, schlimm genug, dass er auf Tagungen dazu gezwungen war. Er blickte sich um. Von dem Mann, der ihm entgegengekommen war, war nichts mehr zu sehen. Er stemmte sich gegen den aufkommenden Wind, der das Laufen noch mühsamer machte als der weiche Schnee, in dem seine Stiefel einsanken.

Mühsam war ebenfalls das letzte Jahr gewesen, er hatte vergeblich versucht, zum Medizinischen Direktor gewählt zu werden. Dass er ausgerechnet gegen Nils Söderblöm verloren hatte, diesen eitlen, selbstgefälligen Typen, vor dem keine Assistenzärztin sicher war, der sich aber in regelmäßigen Abständen als Wohltäter der Menschheit mit dem Kardinal in der Zeitung ablichten ließ, das wurmte ihn schon. Zumal er Söderblöm fachlich um Längen überlegen war. Beim Gedanken an Söderblöm wurde ihm richtig schlecht. Mühsam unterdrückte er seinen Brechreiz. Söderblöm würde möglicherweise nicht mehr lange Direktor bleiben können. Und wenn Söderblöm zurücktrat oder – noch besser – zurücktreten musste, dann käme seine Stunde. Er biss sich auf die Lippen.

Da war schon die evangelische Kirche mitten auf der Insel der Breiten Straße zu sehen, er brauchte jetzt noch höchstens zehn Minuten bis nach Hause. Er freute sich auf sein Bett und beglückwünschte sich, dass er das Gästezimmer im Libellenweg ausgeschlagen hatte.

Libellenweg! Allein schon diese Siedlung mit den putzigen Insektennamen wäre sein Tod gewesen. Sicher, die Villa von Matthias war großzügig und modern, er würde aber eher in der Neustadt in einem Altbau ohne Aufzug leben wollen als in dieser bürgerlichen Idylle, die in Bretzenheim entstanden war. Ja, wenn es wenigstens einen Zeckenweg gegeben hätte. Er lächelte kurz über seine Idee, gleich darauf war ihm wieder übel. Lag es an der Insektensiedlung oder am Spätburgunder oder am Grappa? Er hatte sich in Gonsenheim eine heruntergekommene Villa in der Kapellenstraße gekauft, allerhand investiert, klar, 250 Quadratmeter waren viel für einen alleinstehenden Mann, aber er war jemand, der Platz brauchte, körperlich und geistig. Und er wollte sich freuen an einem Haus, das zu ihm passte. Für einen Mann wie ihn war die Insektensiedlung zu klein.

Die Breite Straße war einsam und menschenleer um diese Uhrzeit, jedenfalls soweit er sehen konnte. Immer noch verhinderten die dicht fallenden Schneeflocken jede weite Sicht. Plötzlich hörte er Schritte hinter sich, zwei Menschen überholten ihn. Die eine Person drehte sich kurz um, nickte, er wusste nicht, was das bedeuten sollte, ein Zeichen des Erkennens oder ein nächtlicher Gruß? Er rätselte, ob ihm das Gesicht bekannt vorkam. Wieso kamen diese beiden Menschen so viel schneller voran als er? Er blieb kurz stehen und holte tief Luft. Nur noch wenige Meter bis nach Hause. Endlich tauchte der Kiosk am Juxplatz vor ihm auf, er bog in die Kapellenstraße ein.

Das Tor zum Grundstück klemmte ein bisschen, er lehnte sich dagegen, brauchte mehr Kraft als sonst. Der Kehrdienst würde morgen viel zu tun haben, auf dem Bürgersteig häufte sich der Schnee, ihm schien, als ob in einiger Entfernung tatsächlich jemand kehre – konnte das sein? Irrwitz, wahrscheinlich jemand, der nicht schlafen konnte und auch sonst nichts zu tun hatte. Ein reicher Rentner.

Er trottete den langen Gehweg zum Eingang, der Bewegungsmelder sprang nicht an, er hätte ihn schon längst reparieren lassen sollen. Vor der Haustür suchte er nach seinem Schlüssel. In der rechten Manteltasche war er nicht. Ärgerlich klopfte er seinen Mantel ab. Wo hatte er den Schlüssel hingesteckt, als er am Abend losgegangen war? Der Schlüssel war nicht im Mantel. Plötzlich fiel ihm der Sturz auf dem Heimweg ein. Hatte er bei dieser Gelegenheit den Schlüssel verloren, war er ihm aus der Manteltasche geglitten? Vage dachte er an den Fremden, der ihm aufgeholfen hatte. Hatte der ihm den Schlüssel abgenommen? Er fühlte in der Innentasche seines Sakkos – das Portemonnaie war noch da. Er schüttelte den Kopf, absurde Idee. Er fing an, Gespenster zu sehen. Was konnte er jetzt tun? Hatte er den Hintereingang unverschlossen gelassen wie so häufig? Seine Putzhilfe schimpfte deshalb immer mit ihm, die Villen in der Kapellenstraße waren auch ohne offene Hintertüren ein bevorzugtes Revier für Einbrecher. Er stapfte um das Haus herum, rüttelte. Er hatte abgeschlossen, Frau Buranovic wäre sehr zufrieden mit ihm gewesen, er war es nicht. Wieder wurde ihm übel. Er würde sich kurz ausruhen und auf die Bank setzen, die hinter dem Haus stand, dann würde ihm schon einfallen, was zu tun sei. Mit dem Besen, der an der Wand lehnte, fegte er den Schnee von der Bank und setzte sich seufzend. Nur einen Augenblick Atem schöpfen. Er presste die Hände an die Schläfen. Warum ließ der Kopfschmerz nicht nach? Er suchte noch einmal nach dem Schlüssel. Auch beim wiederholten Suchen fand er ihn weder in den Taschen seines Mantels noch seines Jacketts. Ob er bei den Nachbarn klingeln sollte, um diese Uhrzeit? Lieber nicht. Er merkte, wie müde er war. Jetzt müsste er aufstehen, ein Taxi am Juxplatz suchen und sich ins Hilton fahren lassen. Er könnte auch zu Mirja fahren, das entgeisterte Gesicht seiner Ex-Frau wäre die Sache wert. Ob er doch ein Fenster einschlagen sollte? Er suchte noch einmal nach dem Schlüssel. Tatsächlich, er ertastete das kühle Metall. Also müsste er jetzt aufstehen und die Tür aufschließen. Dabei würde er lieber noch einen Moment auf der Bank sitzen bleiben. Die Schneeflocken taten ihm wohl auf seinem Gesicht, sie kühlten angenehm. Er blinzelte leicht ins Mondlicht, das durch die Schneeflocken schimmerte. Dann schloss er die Augen.

Eigentlich war es gar nicht mehr so kalt.

Dienstag, 21. Dezember 2010, 18.30 Uhr

Losung: Ich bin der HERR, dein Gott, und du sollst keinen andern Gott kennen als mich und keinen Heiland als allein mich. (Hosea 13, 4)
Lehrtext: Das ist das ewige Leben, dass sie dich, der du allein wahrer Gott bist, und den du gesandt hast, Jesus Christus, erkennen. (Johannes 17,3)

Pfarrerin Susanne Hertz telefonierte jetzt schon seit einer Stunde mit Kantor Wilhelm Arzfeld. Es ging um den Heiligabend-Gottesdienst in St. Johannis. Die Kantorei sollte den Gottesdienst musikalisch mitgestalten. Ein hehres Ziel zum Lobe des menschgewordenen Gottes, doch Susanne beschlich in diesen Tagen mehr und mehr die Frage, ob sich Gott die Sache mit seinen Menschen tatsächlich gut überlegt hatte. Ihr jedenfalls gingen seine Geschöpfe besonders in dieser Weihnachtszeit gehörig auf die Nerven. Der Tag hatte für sie mit einer Krisensitzung im Kindergarten begonnen, weil zwei Mütter sich über die Besetzungsliste des Krippenspiels so in Rage gezankt hatten, dass die Kindergartenleiterin Susanne zu Hilfe gerufen hatte. An der Grundproblematik, dass bei einem Krippenspiel die Rolle der Maria eben nur einmal zu vergeben war, konnte sie als Pfarrerin allerdings auch nichts ändern. Mütter, die ihre Kinder Prinzessinnen- oder Prinzengleich vergötterten, waren ihr schon immer suspekt gewesen, und ob Gott Mensch geworden war, damit Ann-Sophie oder Kimberly in St. Johannis als Maria glänzen könnten – Susanne wagte es zu bezweifeln. Ihre dahingehend geäußerten Bedenken trugen leider nicht dazu bei, die Wogen zu glätten. Die in ihrer Ehre gekränkten Mütter drohten mit Kirchenaustritt, nur mit Mühe fand sich eine Lösung per Losentscheid und für Ann-Sophie eine immerhin passable Rolle als Verkündigungsengel. Kein blauer Mantel, dafür aber mehr Text.

Jetzt also die Kantorei. Susanne dachte an das Bonmot eines Kollegen, der Kirchenchöre als die „Mafia der Gemeinde" bezeichnet hatte. Wilhelm Arzfeld wäre dann der Pate, nur dass er nicht so gut aussah wie Marlon Brando. Susanne grinste beim Gedanken an den Vergleich Arzfeld-Brando. Hatte Brando nicht eine Zeit seines Lebens auf einer Pazifikinsel gelebt und eine Einheimische geheiratet? Ab und an würde sie Arzfeld liebend gerne auf eine pazifische Insel verbannen, meinethalben mit zehn Choristinnen in Baströckchen. Susanne überlegte, ob Arzfeld auf dem Eiland im Stillen Ozean dann auch einen Chor gründen und welche Lieder er einstudieren würde. „Ich bin reif für die Insel" von Peter Cornelius? Oder „La Paloma blanca"?

Arzfelds Stimme riss sie aus schwülen Pazifikträumen wieder in die eiskalte Mainzer Gegenwart. Die Johannes-Kantorei sollte aus dem Weihnachtsoratorium singen und Susanne bemühte sich, Arzfeld klarzumachen, dass im Heiligabend-Gottesdienst auch noch eine kurze Predigt, die Lesung der Weihnachtsgeschichte und das Krippenspiel der Kindergartenkinder Platz finden müssten – mit Maria *und* Verkündigungsengel. Außerdem möge es der Gemeinde erlaubt sein, das eine oder andere Lied selbst zu singen – z.B. „Stille Nacht, Heilige Nacht". Letzteres sah der begnadete Kirchenmusiker leider nicht so recht ein. Susanne bemühte sich, nicht hörbar die Geduld zu verlieren – das war doch nicht das erste Weihnachtsfest, das Arzfeld als Kantor und Organist erlebte! Wieso gab es jedes Jahr, das ins Land ging, wieder die gleichen Diskussionen? Wessen Lob sollte eigentlich im Heiligabend-Gottesdienst gesungen werden? Das des Kirchenmusikers, der Kantorei, der Pfarrerin, das von Kimberly und Ann-Sophie oder das des Herrn Jesus? Susanne sehnte sich danach, einmal ohne maulende Reaktion „Stille Nacht" als Gemeindelied vorschlagen zu dürfen. „Liebe Frau Hertz, das ist musikalisch und textlich doch allzu seicht, da könnten Sie ja gleich „O Tannenbaum" singen lassen", mäkelte Arzfeld über „Stille Nacht, Heilige Nacht."

Ob Susanne ihm das mit dem Stillen Ozean einfach vorschlagen sollte? Stiller Ozean statt Stille Nacht? „Lieber Herr Arzfeld, Sie erinnern mich an Marlon Brando, wie wärs mit einem pazifischen Eiland als nächster Wirkungsstätte?" Aber in einem Anfall pastoraler Weisheit verzichtete sie auf diesen Vorschlag und machte sich stattdessen daran, ihrem störrischen Kirchenmusiker noch einmal ihre Vorstellungen nahezubringen. Nach einer weiteren halben Stunde konnten sich die beiden endlich einigen, und immerhin: Susanne war sich sicher, dass der Heiligabend-Gottesdienst musikalisch ein Genuss werden würde, mit „Stille Nacht" und ohne „O Tannenbaum". Halleluja!

Erleichtert legte sie den Telefonhörer auf. Über die Qualität ihrer Predigt an diesem Höhepunkt des Jahres wagte sie allerdings keine Prognosen, denn bislang hatte sie erst die tragenden Worte „Liebe Gemeinde" in ihren Laptop getippt. Sie schaute nach draußen, es schneite wieder. Das Telefon klingelte. Ob es sich Herr Arzfeld mit „Stille Nacht" doch anders überlegt hatte? Manchmal wäre es schön, einfach katholisch zu sein, da gab es noch klare Hierarchien und nicht dieses manchmal nervige demokratische System wie bei den Protestanten, bei dem alle mitbestimmen wollten, von Arzfeld bis Kimberly, von der Mutter von Ann-Sophie bis zum Hausmeister. Karl Kardinal Lehmann musste bestimmt nicht darum betteln, im Dom „Stille Nacht" singen zu dürfen. Auf der anderen Seite wäre es für sie als Frau auch nicht ganz einfach bei den Katholiken. Die Zeiten, in denen eine Frau Päpstin werden konnte, lagen lange zurück. Beim Volk kam dieser feine Unterschied nicht immer an. Auf die Information hin, dass sie Pfarrerin sei, reagierten manche Menschen tatsächlich öfter mit der Frage: „Katholisch oder evangelisch?"

Das Telefon klingelte weiter. Vielleicht war ja der Kardinal am Apparat? Oder der Papst? Aber es war weder Benedikt XVI. noch Karl Kardinal Lehmann, auch nicht Arzfeld, sondern ihre Freundin Tanja Schmidt.

„Ich habe niemanden umgebracht, auch nicht Kantor Arzfeld, obwohl ich dazu große Lust hätte", sagte Susanne gut gelaunt.

„Hör auf mit deinen blöden Späßen", meinte Tanja, „mir ist nicht zum Spaßen zumute."

„Ist dir der Papst über die Leber gelaufen", witzelte Susanne.

„Hör auf, hab ich doch gesagt. Hast du Zeit? Es ist dringend!", antwortete Tanja.

„Jede Menge Zeit, wie jede Pfarrerin vor dem Heiligen Abend, wann möchtest du mich denn treffen, am 24. Dezember um 16 Uhr, zusammen mit etwa 300 Leuten in St. Johannis oder gleich in der Weinstube?"

„Ich komme zu dir", sagte Tanja gereizt, „und, wenn es geht, in der Tat sofort, allerdings ganz sicher nicht in die Weinstube, sondern zu dir nach Hause."

„Darf ich denn wissen, was der großen Kriminalkommissarin die gute Laune verdorben hat? Möchtest du vielleicht im Heiligabend-Gottesdienst „Ihr Kinderlein kommet" singen und Kantor Arzfeld hat dir dafür alle musikalischen Höllenstrafen angedroht, die ein Protestant zu bieten hat?"

„Ihr Kinderlein kommet – sehr witzig. Ich bin schwanger, Susanne, und über dieses Weihnachtsgeschenk bin ich alles andere als erfreut."

Eine halbe Stunde später saß Tanja weinend auf Susannes Sofa und Susanne war ziemlich ratlos. „Will nicht" – „Erpressung" – „Beruf" – „Wolfgang" – „Katastrophe" – „Mutter" – „noch nicht so weit" – „Angst" – „Ende", waren Wortfetzen, die sie aus dem Schluchzen und Weinen heraus halbwegs verstehen konnte. Nachdem Tanja sich etwas beruhigt hatte, verstand sie die Situation etwas besser. Sie wusste, dass Tanja und Wolfgang Jacobi eine schwierige Zeit miteinander hatten. Tanja war in einfachen Verhältnissen groß geworden und immer misstrauisch, ob sie Wolfgangs Ansprüchen wirklich genügen könne. Ihr Freund Wolfgang Jacobi verfügte über ein beachtliches Vermögen und war ein Mann, der sich in der ganzen Welt auskannte. Er hatte weltweit Firmen aufgebaut und war ein international gefragter Berater. Das war für Tanja eine stetig sprudelnde Quelle der Minderwertigkeitsgefühle. Wolfgang liebte Tanja sehr, aber es gelang ihm einfach nicht, ihr Misstrauen zu überwinden. Das hatte ihn zeitweise bitter gemacht, er fühlte sich zu alt für ein stets gefährdetes Verhältnis, sehnte sich nach innerer Balance in seinem Leben und Tanjas Verhalten verletzte ihn immer wieder tief. Tanja hoffte auf einen beruflichen Karrieresprung, der sie für Wolfgang zu einer gleichberechtigten Partnerin machen könnte, und begriff nicht, dass Wolfgang sie gerade so liebte, wie sie war – mit oder ohne Karriere bei der Polizei. Wolfgang wiederum konnte nicht verstehen, dass Tanja das Gefühl brauchte, aus eigener Kraft etwas erreicht zu haben, unabhängig von seinem Geld und seinen Verbindungen.

Jetzt war in einer Nacht, in der die beiden sich nicht entscheiden konnten, ob sie sich trennen oder beieinander bleiben sollten, ein Kind entstanden. Tanja wusste, dass Wolfgang sich über nichts mehr freuen würde, und sah zugleich ihre Hoffnung auf eine berufliche Karriere durch ein Baby, das ihre Nähe und Zuwendung bräuchte, in weite Ferne entschwinden. Mit Wolfgang wollte sie natürlich nicht über ihre Zweifel reden, ob sie das Kind austragen solle oder nicht. Er wusste auch nichts von der Schwangerschaft.

In dieser Nacht hatten sie erkannt, dass es so jedenfalls nicht mehr weitergehen könne, und sie wollte ihn auf keinen Fall mit einem Kind erpressen. Susanne versuchte tapfer, sich durch den Gedankenwust ihrer Freundin zu kämpfen.

„Warum bedeutet eigentlich ein Kind das Ende deiner Karriere?", fragte sie mitten in das Weinen und Argumentieren hinein.

Tanja stutzte. „Das ist doch klar!", meinte sie.

„Nun ja", entgegnete Susanne, „wir leben ja nicht mehr in den Sechzigerjahren und meines Wissens gibt es heute Kinderkrippen, mit Wolfgangs Geld sicher auch eine private Kinderfrau und vielleicht hat ja auch der Kindsvater selbst Lust und Laune, sich um seinen Nachwuchs zu kümmern. Ich habe gehört, dass auch Väter ihre Kinder großziehen können, wenn die Mütter arbeiten."

Tanja war so verblüfft, dass ihr der Mund offen stehen blieb. „Daran habe ich gar nicht gedacht." Im nächsten Moment flossen jedoch wieder die Tränen. „Ich will es auch alleine schaffen, ohne Wolfgang!"

Susanne schüttelte den Kopf. „Dieses Kind hat keiner von euch alleine geschafft, das habt ihr miteinander hingekriegt. Wenn du es also behalten willst, könnt ihr auch gemeinsam entscheiden, wie es zu betreuen ist."

Tanja brach wieder in Tränen aus. „Wir bekommen unsere Beziehung ja jetzt schon nicht hin, wie sollen wir dann ein Kind schaffen?"

Susanne nahm ihre Freundin in den Arm. „Ein Kind von Wolfgang und dir wird wahrscheinlich eher euch schaffen als umgekehrt. Aber ernsthaft: Natürlich kann dich kein Mensch dazu zwingen, dieses Kind auszutragen. Aber ich finde, es hat das Recht darauf, dass du dir sehr genau überlegst, warum du es nicht haben willst."

Mittwoch, 22. Dezember 2010

Losung: Wenn sie aber zu euch sagen: Ihr müsst die Totengeister und Beschwörer befragen, so sprecht: Soll nicht ein Volk seinen Gott befragen? (Jesaja 8,19)
Lehrtext: Niemand kann zwei Herren dienen.
(Matthäus 6, 24)

Frau Irina Buranovic kam, wie jeden Mittwoch, um 7.15 Uhr in die Kapellenstraße zu Johannes Rigalski. Sie stapfte durch den Schnee zum Hauseingang. Offenbar war der Herr Professor wieder einmal auf einer Tagung, ohne ihr vorher Bescheid gegeben zu haben. Sie war es gewohnt und wunderte sich nicht. Sie öffnete die Haustür, zog sich die Stiefel aus und die Pantoletten an, die sie stets in ihrer Handtasche mit sich trug, wenn sie zu ihren Putzstellen ging. Jeder Haushalt hatte seinen eigenen Rhythmus, den sie im Schlaf aufsagen konnte.

Beim Professor fing sie immer mit Bügeln an, weil er manchmal nach Auslandstagungen länger schlief und nicht durch den Staubsauger gestört werden wollte. Frau Buranovic holte die Bügelwäsche aus dem Trockenkeller und begann mit der Arbeit. Als sie alle Kleidungsstücke sorgfältig geplättet, gestapelt und in die Schränke geräumt hatte, fing sie an, jedes Zimmer zu saugen, Staub zu wischen und feucht nachzuputzen. Zuletzt kam die Küche an die Reihe. Irina Buranovic öffnete die hintere Tür, um den Weg zu den Mülleimern freizukehren. Zunächst bemerkte sie die Gestalt nicht, die schneebedeckt auf der Bank beim Haus saß. Vage hatte sie wohl den Eindruck, dass der Herr Professor hier den Tannenbaum gelagert hatte, für den Heiligen Abend. Es war eher ein Versehen, als sie auf dem Rückweg von den Mülleimern an die Bank stieß. Der Schnee bröckelte und Irina Buranovic staunte. Sie kam nicht auf den Gedanken, zu schreien. Johannes Rigalski lächelte selig. Und sie hatte ihn, in all den sechzehn Jahren, die sie für ihn putzte und bügelte, niemals so lächeln sehen. Es sah aus, als ob er gerade die himmlischen Heerscharen getroffen hätte, die ihm freundlich kundtaten, dass ihm Friede und Freude zu verkünden seien. Und vielleicht war dem ja auch so, wer weiß …

Tanja Schmidt betrachtete die Leiche von Professor Rigalski. Da sie ihn nicht seit sechzehn Jahren kannte, konnte sie die Besonderheit dieses Lächelns nicht würdigen. Sie ärgerte sich darüber, dass ausgerechnet zwei Tage vor Heiligabend noch eine Leiche buchstäblich hereingeschneit kam.

„Das hat uns noch gefehlt", meinte sie zu Arne Dietrich, ihrem Kollegen und Partner bei der Kriminalpolizei. „Ein eingefrorener Medizinprofessor, das gibt Stress in der Rechtsmedizin, jede Wette."

Den ganzen Morgen hatte sie misstrauisch auf eine Anspielung von Arne gewartet, die ihre Schwangerschaft betraf. Ihre Freundin Susanne und Arne waren schließlich ein Paar. Doch offenbar nahm Susanne ihre Schweigepflicht auch im Bett ernst und Arne hätte schon ein oscarverdächtiger Schauspieler sein müssen, wenn Susanne ihm etwas über Tanjas Schwangerschaft erzählt haben sollte, so ahnungslos wie er sich zeigte.

Gerade wandte er sich an die Ärztin, die den Toten untersucht hatte. „War er schon tot, als er hier auf der Bank einfror?", fragte er. „Puh, ich weiß noch, wie ich im Examen bei ihm geschwitzt habe, Blut und Wasser", meinte die. „Wer hätte gedacht, dass ich ihn so wiedersehe …"

Tanja schnappte ein. „Könnten Sie auf die Frage meines Kollegen freundlicherweise antworten!", sagte sie scharf. Arne schaute verwundert. So humorlos kannte er seine Kollegin Tanja gar nicht.

Die Ärztin zuckte zusammen, man sah, dass sie bedauerte, jemals ein persönliches Wort geäußert zu haben. Die Quittung für die Zurechtweisung kam prompt. „Ohne genaue Untersuchung kann ich gar nichts sagen, höchstens dass er mindestens 24 Stunden tot ist. Ich empfehle Ihnen, das Ergebnis der rechtsmedizinischen Untersuchung abzuwarten." Gesagt, Koffer zugeklappt und weg war die junge Frau.

„Spinnst du eigentlich?", fragte Arne kopfschüttelnd Tanja, „das musste ja wohl sein, oder? Von der werden wir nie mehr eine Einschätzung ohne ihren Anwalt hören. Ist dir eine weihnachtliche Laus über die Leber gelaufen? Oder war die Gans gestern zu fett?"

„Ach, lass mir doch die Ruhe", sagte Tanja mit Tränen in den Augen und Arne verstand die Welt nicht mehr.

Die Angestellten des Bestattungsinstituts fluchten leise, als sie den Leichnam von Johannes Rigalski abtransportierten. Der eingefrorene Professor passte mit seinen angewinkelten Beinen nicht in den Transportsarg und musste zudem erst mit einiger Kraft von der Bank abgelöst werden. Der Einzige, der nach wie vor unbeirrt lächelte, war Rigalski selbst. Die Spurensicherung hatte den Tatort verlassen mit der Bemerkung, dass nichts festzustellen sei – keinerlei Fremdspuren außer den Fußstapfen von Frau Buranovic. Doch selbst wenn es fremde Spuren gegeben hätte – der Schnee hätte sie überdeckt. Nach Fremdeinwirkung sah es aber nicht aus, an Rigalski waren keinerlei Spuren von äußerer Gewalt zu erkennen und sein Lächeln passte nun wirklich nicht zu einem Kampf. Sollte es im Haus Spuren gegeben haben, so wären sie zum größten Teil der Sorgfalt von Frau Buranovic zum Opfer gefallen. Frau Buranovic beteuerte jedoch, dass ihr nichts Ungewöhnliches aufgefallen war, und sie kannte das Haus fast besser als der verstorbene Besitzer selbst. Die Frage blieb, warum der Mann sich irgendwann vor mehr als 24 Stunden auf die Bank hinter seinem Haus gesetzt hatte und nicht mehr aufgestanden war.

„Vielleicht wurde ihm einfach schlecht, weil er zu viel getrunken hat, und er ist dann an Unterkühlung gestorben, das wird sich ja herausstellen", überlegte Arne. „Ich schätze mal, das war ein Unglücksfall."

„Das hoffe ich auch", meinte Tanja. „Ich habe keine Lust, über die Weihnachtsfeiertage nach einem Mörder zu fahnden. Wir müssen jetzt einfach das Ergebnis der Rechtsmedizin abwarten, vorher können wir gar nichts tun."

Arne blickte vielsagend. „Du vergisst, dass wir den Angehörigen die Todesnachricht überbringen müssen."

Tanja nickte genervt. „Das hatte ich erfolgreich verdrängt. Kein Wunder, das Überbringen von Todesnachrichten zählt ja zu meinen Lieblingsaufgaben. Ich schlage vor, wir rufen Susanne an, sie ist schließlich in der Notfallseelsorge, dann kann sie den trauernden Angehörigen gleich seelsorgerlichen Beistand leisten."

„Sie hat aber diese Woche keinen Dienst", gab Arne zu bedenken.

„Ich will aber Susanne, basta", entgegnete Tanja trotzig.

Da Arne wusste, wie stur Tanja sein konnte, versuchte er erst gar nicht, sie weiter umzustimmen. „Gut, dann schauen wir mal, wer um den Herrn Professor trauert, hier in der Kapellenstraße ist jedenfalls kein anderer Mensch gemeldet."

Tanja staunte: „Was, so ein riesiger Kasten und alles für eine Person?"

Eine Stunde später standen sie mit einer wenig begeisterten Susanne („Kannst du mir mal erzählen, wer meine Heiligabend-Predigt für mich schreibt, von den Gottesdiensten an den beiden Weihnachtsfeiertagen rede ich erst gar nicht!") vor dem Haus von Mirja Rigalski an den Gonsbachterrassen. Tanja konnte sich nicht recht entscheiden, ob ihr das Haus gefiel oder nicht. Einerseits war sie als Designfan durchaus empfänglich für die klaren Linien des Neubaus, andererseits standen in diesem Neubaugebiet für ihren Geschmack zu viele Flachdächer herum, und das auf relativ engem Raum. „Da haben sich die Architekten so richtig ausgelebt, mich erinnert's an meinen Legobaukasten", sagte Arne.

„Habt ihr mich zu einer architektonischen Führung oder zu einem Seelsorgeeinsatz mitgenommen, das würde ich gerne wissen", motzte Susanne. „Falls ihr heute den Tag der Architektur angesetzt habt – auf mich wartet noch die ein oder andere kleine Aufgabe."

„Schon gut", besänftigte sie Arne.

Tanja schaute nur biestig. Arne war deutlich irritiert wegen seiner Kollegin, die jetzt schweigend die Türklingel drückte.

Ein junges Mädchen öffnete.

„Kriminalpolizei", sagte Tanja und zeigte ihren Ausweis. „Ist Ihre Mutter da, können wir bitte hereinkommen?"

„Haben Sie einen Durchsuchungsbefehl?", fragte das Mädchen frech und stellte sich in den Türrahmen. Sie war etwa fünfzehn Jahre alt, trug ein rosa T-Shirt, auf dem „Superzicke" stand und hatte die Haare à la Paris Hilton gestylt. Offenbar trainierte sie gerade für Heidi Klums Topmodel-Wettbewerb, denn sie nutzte den Türrahmen, um zu posen.

Jedenfalls glaubte Susanne, dass dieses affektierte Stehen „Posen" hieß, ihre Konfirmandinnen hatten sie einmal entsprechend aufgeklärt.

„Darf ich mal Ihre Marke sehen?", fragte gerade der posende Paris-Hilton-Verschnitt.

„Meinetwegen können wir das auch hier draußen erledigen", blaffte Tanja. Das Mädchen zuckte zusammen, sie hatte offensichtlich gar nichts verstanden und die Situation für einen merkwürdigen Scherz gehalten.

Arne schob seine Kollegin unsanft zur Seite. „Arne Dietrich, Kriminalpolizei. Sie sind …?"

„Caroline Rigalski", antwortete das Mädchen eingeschüchtert. „Caroline, ist deine Mutter zu Hause?", fragte Arne freundlich.

Das Mädchen nickte.

„Dann hol sie bitte", sagte Arne.

Doch das erübrigte sich, denn eine attraktive Frau mit dunkler, langer Mähne war zu Caroline getreten. „Hier zieht's, was gibt's denn, warum lässt du die Tür offen, Caro? Was wollen Sie, wir haben schon gespendet und brauchen auch keinen Staubsauger."

Arne zeigte seinen Ausweis. „Kriminalpolizei, Frau Rigalski, können wir bitte hereinkommen?"

Irritiert bat Mirja Rigalski die Gruppe in ihr Haus. Kurze Zeit darauf saßen Susanne, Tanja und Arne in einem großzügigen Wohnzimmer mit flackerndem Kamin, Mirja Rigalski und ihren Töchtern Caroline und Nora gegenüber. Mirja Rigalski hatte auf weinroten Terrakottafliesen graue Büffelledersofas mit einer Liege von Le Corbusier mit Kuhfellbezug kombiniert – sehr geschmackvoll, wie Tanja nicht ohne Neid anerkannte. Sie wollte auch gar nicht wissen, was das abstrakte Gemälde über dem einen Sofa gekostet hatte.

Die Skulptur in der Ecke gab es jedenfalls nicht bei ALDI, das war klar. Mirja Rigalski war unspektakulär in Jeans und einen schlichten wollweißen Rollkragenpulli gekleidet, was jedoch ihre gute Figur betonte und ihr ausgezeichnet stand. Mirja Rigalski hatte ein Foto von ihrem Exmann geholt und neben sich auf den Couchtisch gestellt, eine Geste, die tatsächlich anrührend wirkte.

Arne entschied für sich, dass er – wenn er die Wahl gehabt hätte und es Susanne nicht gäbe – der Mutter den Vorzug vor den Töchtern gegeben hätte. Mirja Rigalski war eine attraktive, sinnliche Frau. Was jedoch bei ihr straff wirkte und zugleich weich erotisch, war bei den Töchtern aus der Form geraten. Sicher, die beiden hatten den Vorzug der Jugend, aber insgesamt fand Arne, dass zwei außerordentlich attraktive Eltern zwei Kinder hervorgebracht hatten, die zwar erkennbar die Kinder ihrer Eltern waren, aber doch in einer ungünstigen Kombination. Carolines Paris-Hilton-Frisur war inzwischen zerzaust, mit verlaufenem Lidschatten und vom Weinen aufgequollenen Gesichtszügen saß sie wie ein Häufchen Elend auf dem Sofa rechts neben ihrer Mutter. Nora, die ältere Schwester, wirkte schon jetzt dank dunkler Augenringe, fahler Haut und fettiger Haare trotz ihrer kaum zwanzig Jahre etwas verlebt. Mit aufsässigem Gesichtsausdruck hatte sie auf der anderen Seite Platz genommen. Sie strahlte eine kaum verhohlene Aggressivität aus. Mirja Rigalski schaute bekümmert, es war schwer einzuschätzen, ob über den Tod ihres Exmannes, über ihre Töchter oder über beides.

„Wir sind seit zehn Jahren geschieden", erklärte Mirja Rigalski, „aber wegen der Kinder bin ich in Mainz geblieben, sie sollten in der Nähe ihres Vaters aufwachsen. Als Professor im sexualwissenschaftlichen Institut war seine Zeit sowieso sehr beschränkt." Caroline brach wieder in Tränen aus, Nora kaute auf ihren Fingernägeln herum.

„Wann können wir Johannes denn beerdigen?"

Tanja schaute Arne an. „Wir müssen erst das Ergebnis der Rechtsmedizin abwarten", erklärte der.

„Aber – war es denn kein Unfall?", fragte Mirja Rigalski ungläubig.

„Wir nehmen das auch an", meinte Arne beruhigend, „aber bei einem ungeklärten Todesfall – und das ist nun mal ein ungeklärter Todesfall – müssen wir erst diese Untersuchung abwarten."

Mirja Rigalski seufzte. „Bei meinem Mann werden die doppelt sorgfältig arbeiten – vor Weihnachten kommt da bestimmt kein Ergebnis. Ein schlimmes Fest, meine Kleinen."

Sie nahm ihre Töchter in den Arm, merkwürdigerweise sträubte sich Nora nicht gegen die fürsorgliche Geste.

„Ja, ich fürchte, die Beerdigung kann erst in der ersten Januarwoche stattfinden", bestätigte Tanja.

„Wir können uns immerhin schon mal mit der Kirche in Verbindung setzen", überlegte Mirja Rigalski.

„War Ihr Ex-Mann denn evangelisch oder katholisch?", fragte Susanne.

„Evangelisch, wie wir alle!", antwortete Mirja Rigalski.

„Dann sitzt die Kirche vor Ihnen", meinte Susanne und nur Arne erkannte den leichten Hauch von Resignation, der in ihrer Stimme mitschwang. „In der ersten Januarwoche vertrete ich die Pfarrer von Gonsenheim, die sind im Urlaub."

„Wollen wir die Formalitäten gleich erledigen?", fragte Mirja Rigalski pragmatisch.

Susanne schüttelte den Kopf. „Ich glaube, das ist zu früh

für Ihre Töchter – und auch für Sie. Sie haben ja gerade erst vom Tod Ihres ehemaligen Mannes erfahren. Was halten Sie von einem Termin zwischen den Jahren – am 27. Dezember zum Beispiel?"

„Da muss ich noch nicht wieder arbeiten, das passt", entschied Mirja Rigalski. „Und die Kinder haben noch Ferien. Suchen Sie sich die Uhrzeit aus."

Donnerstag, 23. Dezember 2010

Losung: Groß sind die Werke des HERRn, wer sie erforscht, der hat Freude daran. (Psalm 111,2)
Lehrtext: Sie legten die Kranken Jesus vor die Füße, und er heilte sie, sodass sich das Volk verwunderte, als sie sahen, dass die Stummen redeten, die Verkrüppelten gesund waren, die Gelähmten gingen, die Blinden sahen; und sie priesen den Gott Israels. (Matthäus 15, 30-31)

Tanja und Arne liefen über das Gelände der Universitätskliniken der Stadt Mainz. Vor den Gebäuden standen frierende Patienten in Bademänteln, die eine Zigarette rauchten und leise miteinander sprachen. Ärzte und Schwestern eilten vorbei. Krankenwagen fuhren auf den schneebedeckten Wegen. Es war Mittagessenszeit, Tanja meinte, den typischen Geruch von Kantinenessen wahrzunehmen. „Mir tun alle leid, die über die Feiertage hierbleiben müssen, wenn alle anderen daheim bei ihren Familien sind", sagte Arne. „Familie kann ja auch stressig sein ..."

„In der Tat!", bestätigte Tanja.

„... aber eine stressige Familie vor dem Tannenbaum ist immer noch besser, als die Feiertage hier im Krankenhaus verbringen zu müssen. Eigentlich braucht jeder Mensch Familie."

Tanja wirkte plötzlich geistesabwesend.

„Was ist eigentlich mit dir los?", beschwerte sich Arne. „Wenn du ein Problem mit mir hast, sag's einfach. Ich kann mich aber auch zu jemand anderem ins Team setzen lassen. Jedenfalls: So macht es mir keinen Spaß."

Tanja blieb stehen. „Tut mir leid, Arne", sagte sie zerknirscht. „Mir geht es gerade wirklich nicht gut, was Privates, mit Wolfgang, ich mag nicht drüber reden. Aber mit dir hat das gar nichts zu tun. Bitte, hab ein wenig Geduld mit mir."

Arne nahm Tanja kurz in den Arm. „Schon o.k., sag in Zukunft einfach eher, dass es dir nicht gut geht, du musst ja nicht dein ganzes Seelenleben offenbaren, ich bin schließlich nur dein Kollege und Freund, nicht dein Psychiater."

Er strubbelte Tanja zärtlich durch die Haare.

Sie lächelte ihn dankbar an. „Du bist ein Engel, Arne. Ich weiß nicht, womit ich dich verdient habe."

Arne grinste. „Engel sind kurz vor Weihnachten im Sondereinsatz, stets zu deinen Diensten, mein Schatz." Er blickte auf die Uhr. „Wir müssen uns beeilen, Professor Vollbrecht hat einen engen Terminkalender."

Die Klinik von Professor Dr. Matthias Vollbrecht war vom Schnee weiß überzuckert, was dem alten Gemäuer gut tat. Leider hatte dieser Effekt keine Auswirkungen auf das Innere des Baus. Tanja rümpfte leicht die Nase, als sie in dem ausgetretenen Treppenhaus nach oben eilten. Der Geruch nach Kantinenessen, Desinfektionsmitteln und Bohnerwachs schien in die Steine und das Treppengeländer förmlich eingesickert zu sein. Die Sekretärin bat die beiden, kurz im Wartezimmer Platz zu nehmen.

Sie waren dort nicht allein, mehrere Menschen saßen stumm auf ihren Stühlen. Einige blickten vor sich auf den Boden, andere blätterten unkonzentriert in Zeitschriften, die offensichtlich schon mehrere Jahre auf dem Buckel hatten. Damit passten sie zu den orangeroten Plastikhockern, die sich schon durch ihre Farbgebung als Kind der Siebzigerjahre offenbarten und seither geduldig Generationen von Patienten und Zeitschriften in diesem Zimmer kommen und gehen sehen. Offenbar hatte sich seit vierzig Jahren niemand die Mühe gemacht, das Mobiliar auszutauschen. Tanja überlegte, dass es ihr als Patientin auch lieber wäre, wenn das Augenmerk der Klinikverwaltung auf modernem medizinischen Gerät statt auf der Ausstattung der Wartezimmer läge. Die Uniklinik schwamm nicht im Geld und konnte jeden Euro nur einmal ausgeben, wobei diese Gegenstände (und womöglich auch einige der Zeitschriften) noch im D-Mark-Zeitalter angeschafft worden waren.

Die Tür öffnete sich, eine Patientin kam herein, der forschende Blick ihres Partners, ein kurzes Kopfschütteln, ein unterdrücktes Schluchzen. In der Tat gab es Wichtigeres als orangefarbene Plastikhocker, nämlich das Elend der Menschen, die hier um ihre Gesundheit bangten, Angst vor dem Sterben hatten, auf Genesung hofften. Arne hatte schon recht: Krankheit kannte leider keine Pause, auch nicht in der Weihnachtszeit. Doch Tanja blieb nicht viel Zeit, sich darüber weiter Gedanken zu machen. Die Sekretärin öffnete die Tür zum Wartezimmer und bat sie in das Büro von Professor Vollbrecht.

Matthias Vollbrecht kam ihnen in einem funktional eingerichteten Büro entgegen. Auf dem Schreibtisch zwei Bildschirme, Telefon, medizinische Fachzeitschriften und Bücher in den hohen Regalen. Einziges privates Accessoire im Raum war ein Fotorahmen mit dem Bild einer Frau, ein rundes, freundliches Gesicht, Arne nahm an, dass es die Gattin des Professors war. Vollbrecht bot ihnen zwei Stühle vor seinem Schreibtisch an. Der Professor nahm selbst in einem Drehstuhl mit hoher Lehne Platz. Er war ein kleiner, dicklich wirkender Mann mit breitem, fast quadratischem Kopf und dichtem, schwarzem Haar und sah aus wie jemand, der es gewohnt ist, Anordnungen zu treffen, und das auch genießt. „Danke, dass Sie sich Zeit genommen haben", kam er gleich zur Sache. „Mein Freund Johannes Rigalski ist tot und ich habe gute Gründe zu glauben, dass er nicht eines natürlichen Todes gestorben ist."

Arne und Tanja schauten zunächst einander, dann den Professor verblüfft an. „Was bringt Sie zu dieser Annahme?", fragte Arne.

Vollbrecht verschränkte die Hände. „Johannes war am Sonntagabend bei uns zum Essen, danach haben wir noch lange miteinander geredet, kurz nach Mitternacht ist er von uns in Bretzenheim aus nach Gonsenheim gelaufen. Wir hatten einiges getrunken, es fuhren keine Busse und keine Straßenbahnen mehr in dieser Nacht, es hatte ja die ganze Zeit geschneit."

„Hätte er da nicht bei Ihnen übernachten können?", unterbrach ihn Tanja.

Vollbrecht wischte die Bemerkung mit einer ärgerlichen Handbewegung zur Seite. Offensichtlich war er es nicht gewöhnt, unterbrochen zu werden und schätzte so etwas auch nicht. „Lassen Sie mich bitte ausreden, unsere Zeit ist knapp und all das ist viel zu wichtig. Wir haben ihm natürlich angeboten, dass er bei uns bleiben kann, aber Sie kennen Johannes nicht, der schlief nie gerne außer Haus, er hasste es, war jedes Mal froh, wenn er von Tagungen zurückkam. Deshalb mochte er auch keine Urlaubsreisen. Ich schätze mal, das war auch ein Grund, warum seine Ehe mit der reiselustigen Mirja gescheitert ist. Aber ich wollte auf etwas ganz anderes hinaus: Wir hatten an diesem Abend ein brisantes Gesprächsthema. Und ich vermute, dass das in Verbindung zu seinem Tod steht. Johannes hat mir erzählt, dass er belastendes Material über einen unserer Kollegen entdeckt hat."

Arne und Tanja sahen ihn fragend an.

Vollbrecht schien zufrieden, ihre volle Aufmerksamkeit erlangt zu haben. „Johannes hat mir berichtet, dass einer unserer Kollegen offenbar Forschungsgelder für nicht von der Ethikkommission genehmigte Projekte zur Verfügung hatte."

Tanja hakte nach: „Was bedeutet das?"

Vollbrecht lehnte sich in seinem Stuhl zurück. „Jeder von uns Institutsleitern ist auch wissenschaftlich tätig; dafür gibt es die Möglichkeit von Fördermitteln, die angeworben werden müssen. Je mehr Geld angeworben wird, umso besser ist es um die Reputation bestellt. Für Laien wie Sie beide versuche ich es einmal einfach auszudrücken: Sie haben eine Patientengruppe, die an einer bestimmten Krankheit leidet. Selbstverständlich haben die Patienten vorher ihr Einverständnis erklärt. Sie teilen die Gruppe; die eine Hälfte bekommt ein neuentwickeltes Medikament, die andere Hälfte bekommt ein Placebo. Keine Gruppe weiß, ob sie das Medikament oder das Placebo bekommt. Wenn es eine Doppelblindstudie ist, wissen das noch nicht einmal die Schwestern und Ärzte, die die Medikation vornehmen. In der Auswertung wird dann festgestellt, ob und wie das Medikament wirkt."

„Und wo ist das Problem?", wollte Arne wissen.

„Das Problem ist, wenn diese Patienten nicht über die Risiken des Verfahrens aufgeklärt wurden oder nur unzureichend oder wenn es diese Patienten gar nicht gibt oder wenn sie ein ganz anderes Präparat bekommen haben oder die Ergebnisse verändert wurden."

Tanja und Arne sahen aus wie lebendige Fragezeichen. „Das muss doch auffallen, oder?", fragte Tanja.

Matthias Vollbrecht schüttelte den Kopf. „Nicht unbedingt, wenn man es geschickt anstellt. Und genau das ist passiert."

„Wie hat Johannes Rigalski das herausgefunden?", fragte Arne.

Der Professor presste die Lippen aufeinander und zögerte einen Moment. „Er hat gezielt gesucht, er wollte dem betreffenden Kollegen einen Fehler nachweisen und ist bei der Gelegenheit auf die Manipulation gestoßen. Ein großer Zufall, ein Glücksfall, meinte er. Ich meine heute: Es wäre besser gewesen, er hätte nie gesucht."

„Warum?", fragte Tanja.

„Weil ich glaube, dass er dann noch am Leben wäre", antwortete Vollbrecht.

„Sie glauben, dass derjenige, der die Studie manipuliert hat, etwas mit dem Tod Ihres Freundes zu tun hatte?"

„In der Tat", bestätigte Matthias Vollbrecht, „das glaube ich. Ich weiß nicht, wie und wann, ich habe Johannes zuletzt um kurz nach Mitternacht gesehen, an eine Unterkühlung oder einen Herzinfarkt glaube ich nicht."

Tanja bemerkte: „Glauben Sie denn, dass er eines gewaltsamen Todes gestorben ist?"

„Ja."

Arne warf ein: „Die Rechtsmedizin wird es herausfinden."

Vollbrecht schüttelte den Kopf. „Vielleicht den Todeszeitpunkt, nicht unbedingt aber die Methode. Sie vergessen, dass wir es mit einem Fachmann zu tun haben."

Arne war skeptisch. „Man bringt doch keinen um, nur weil der herausgefunden hat, dass man einer Studie ein wenig nachgeholfen hat."

Vollbrecht sah ihn mit schmalen Augen an. „Sie haben offensichtlich keine Ahnung. Wenn so eine Manipulation ans

Licht kommt, verliert man sofort seine Stellung, seine Position im Krankenhaus, von der Reputation ganz zu schweigen. Das vernichtet die Existenz. Es hat Leute gegeben, die aus geringfügigeren Gründen gemordet haben."

Tanja klopfte mit ihrem Stift auf ihren Notizblock. „Butter bei die Fische, wie meine Mutter sagt. Wer ist denn derjenige, der die Studie gefälscht hat, dann können wir sofort sein Alibi überprüfen."

Vollbrecht sah plötzlich gar nicht mehr so entschlossen aus. „Das ist genau das Problem. Johannes hat mir das nicht gesagt. Er wollte noch ein paar Details klären, bevor er die Sache öffentlich machen wollte. Und ich sollte mit keinem Verdacht belastet werden. Ich habe zwar eine Vermutung, wer es sein könnte, aber ich weiß es nicht genau."

Arne sah den Professor forschend an. „Können wir nicht einfach alle Studien überprüfen lassen? Dann müsste sich die Sache doch herausstellen?"

Vollbrecht schüttelte den Kopf. „Haben Sie eine Ahnung, wie viele Forschungsprojekte aktuell laufen oder gerade abgeschlossen sind? Das war ein Glücksfall, dass Johannes fündig wurde. Wir bräuchten mehr Personal, als die Uniklinik zur Verfügung hat, um alle Projekte zu überprüfen. Außerdem könnte es ja auch ein älteres Projekt sein. Und dann verfügen nicht alle Leute über den brillanten medizinischen Sachverstand, wie ihn Johannes hatte. Mit Sicherheit ist alles gut kaschiert worden, das erkennt man nicht auf den ersten Blick."

Arne war irritiert. „Wollen Sie uns nicht sagen, wen Sie im Blick haben?"

Vollbrecht schüttelte zögernd den Kopf. „Das kann ich nicht, jedenfalls noch nicht, das ist alles zu schwerwiegend, allein schon der Verdacht kann eine Existenz gefährden."

Tanja merkte, dass sie ärgerlich wurde. „Warum haben Sie uns dann gerufen?"

Vollbrecht sah sie direkt an. „Weil ich will, dass Sie diesen Todesfall nicht als Unglück abtun. Hier ist ein Mensch ermordet worden. Forschen Sie nach Motiven, drehen Sie in seinem Haus jedes Papier um – finden Sie den Täter! Tun Sie, was Sie können!"

Arne erwiderte den harten Blick des Professors. „Und was unternehmen Sie?"

„Überlassen Sie das mir", sagte der kalt. „Ich werde gewiss nicht tatenlos bleiben."

„Auf die Gefahr hin, selbst ermordet zu werden?", entgegnete Arne.

„Ich bin gewarnt", entgegnete Vollbrecht, „und kein Mensch darf es sich erlauben, meinen besten Freund ungestraft zu ermorden."

Er begleitete Arne und Tanja zur Tür. „Sie sind doch der Lebensgefährte von Pfarrerin Hertz", fragte er, als er Arne die Hand zum Abschied reichte. Arne war überrascht. „Stimmt, woher wissen Sie das?" „Wir kennen uns aus St. Johannis, meine Frau und ich singen in der Kantorei, aber wir gehören auch zur Gemeinde."

„Wohnen Sie denn in der Innenstadt?", fragte Arne. „Nein, im Insektenviertel in Bretzenheim, aber in der Bretzenheimer Gemeinde gab es doch diesen endlosen Krieg zwischen den beiden Pfarrern, das hat meine Frau nicht ausgehalten. ‚Selig sind die Beine, die da stehn vor dem Altar alleine', hat mein Onkel, der Dekan, immer gesagt. Bei zwei Pfarrern ist doch der Konflikt schon vorprogrammiert. Jedenfalls: In St. Johannis fühlen wir uns wohl, Kantor Arzfeld ist ein hervorragender Kirchenmusiker."

„Über die Qualität von Susannes Predigten hat er nichts gesagt, aber wie lautet das gute deutsche Sprichwort: Nicht geschimpft ist gelobt genug", meinte Tanja, als sie über das Gelände der Uniklinik zurück zu ihrem Wagen liefen.

„Fröhliche Weihnachten", sagte Arne sarkastisch. „Wenn der Professor recht hat, haben wir einen Mord an der Backe und einer aus der Crème de la Crème der medizinischen Wissenschaft von Mainz steht unter Verdacht. Warum tut einer so was, Projekte fälschen? Die sollen doch Kranke heilen, Blinde sehend, Taube hörend, Stumme redend, Gelähmte gehend machen. So wie Jesus. Oder wie in der Schwarzwaldklinik Professor Brinkmann, damals als ich noch klein war. Stattdessen bringen sie sich um und verabreichen Placebos. Das kann doch nicht gottgewollt sein."

Tanja formte einen Schneeball und pfefferte ihn gegen das Institutsgebäude. „Hast du schon mal überlegt, wie wir das unserer Vorgesetzten erläutern können? Liebe Frau Claas-Selzer, wir haben hier einen Unglücksfall, der vielleicht ein Mord ist, beweisen können wir nichts, aber da gibt es eigenartige Motive und einen starken Verdacht, am besten ist, Sie heuern eine ganze medizinische Fakultät für Überprüfungszwecke an. Im Übrigen müssen wir das Domizil des Verstorbenen genau in Augenschein nehmen, knapp 300 Quadratmeter Wohnfläche, von dem parkähnlichen Garten nicht zu reden. Das dürfte doch kein Problem sein, das bisschen Schnee auf Wegen und Schuppen …Toll. Die denkt, wir hätten ein paar Glühwein zu viel auf dem Weihnachtsmarkt getrunken."

Arne nickte. „In der Tat. Wenn der Professor nicht mit seinem Verdacht herausrückt, haben wir keine Chance. Noch nicht mal, wenn die Rechtsmedizin herausfindet, dass er nicht eines natürlichen Todes gestorben ist."

Tanja warf den nächsten Schneeball.

„He, lassen Sie das", fuhr sie ein Hausmeister an.

Tanja unterdrückte eine böse Bemerkung. „Im schlimmsten Fall haben wir bald zwei Tote, nämlich noch Matthias Vollbrecht. Friede auf Erden."

Arne überlegte. „Wir müssen die Sache anders angehen. Mit welchem von seinen Kollegen hatte Johannes Rigalski ein Hühnchen zu rupfen? Das müsste doch der Kandidat für den Mordauftrag sein."

Tanja nickte. „Ja, nur dass a) noch nicht klar ist, ob er überhaupt ermordet wurde, b) schon die Nachfrage nach seinem Kontrahenten uns auf vermintes Gelände führt und ich c) noch nicht mal weiß, ob uns der Professor die Wahrheit gesagt hat."

Arne schaute sie fragend an.

„Ja, hast du denn nicht in Betracht gezogen, dass er selbst der Projektfälscher sein könnte?"

Freitag, 24. Dezember 2010, Heiligabend

Losung: Dein Knecht lässt sich durch deine Gebote warnen.
(Psalm 19, 12)
Lehrtext: Seht darauf, dass nicht jemand Gottes Gnade
versäume. (Hebräer 12, 15)

Um 6 Uhr in der Früh setzte Susanne aufatmend ein „Amen" unter ihre Predigt zum Heiligen Abend. Das war geschafft, es blieb „nur noch" die Vorbereitung für die Christmette um 23 Uhr und die Predigt für den ersten Weihnachtsfeiertag, das müsste am Nachmittag zu schaffen sein. Die Predigt für den zweiten Weihnachtsfeiertag würde sie morgen schreiben. Jetzt aber musste Zeit fürs Frühstück sein, immerhin saß sie seit 4 Uhr am Schreibtisch, während Arne friedlich in ihrem Bett schlummerte. Sie sollte ihn wecken, er hatte heute auch Dienst, das Verbrechen kannte keine Feiertage. Beide hatten aus eigener leidvoller Erfahrung großes Verständnis für die unkonventionellen Arbeitszeiten des anderen. Immerhin – dank Susannes Beruf blieb es ihnen erspart, an den Feiertagen die Autobahnen der Republik zu bevölkern, nicht nur bei diesem Wetter kein richtiges Vergnügen, fanden beide. Kein Familienmitglied erwartete im Ernst, dass Susanne zwischen den unzähligen Gottesdiensten der Weihnachtszeit noch einen Abstecher nach Bonn zu ihrer Familie oder der von Arne schaffen könnte. Susanne liebte ihre Eltern, ihren Bruder und seine Jungs sehr, aber am liebsten nicht alle auf einmal. Den Heiligen Abend hatte sie aus früheren Studentenzeiten weniger friedlich als in gespannter Atmosphäre in Erinnerung. Susanne dachte an die nervigen Sprüche ihrer Schwägerin und war froh, dass sie den Heiligen Abend mit Arne, Tanja und Wolfgang verbringen konnte. Familie hatte man, Freunde suchte man sich aus.

Beim Gedanken an Tanja zog sich ihr Herz zusammen.

Mit Tanja hatte sie nur kurz telefonieren können, beide waren ja in den letzten Tagen beruflich sehr beansprucht gewesen. Tanja hatte ihr von Arnes Vorwürfen berichtet und sorgte sich, dass Wolfgang ebenfalls spüren könnte, dass etwas nicht in Ordnung mit ihr war, zumal sie noch nicht bereit war, ihm von der Schwangerschaft zu erzählen. Sie hatte ein wenig Angst vor dem Heiligen Abend und war dankbar, dass sie nicht mit Wolfgang alleine feiern musste. „Ein Kind ist uns geboren", das war in ihrer Situation nicht unbedingt die Frohbotschaft, die sie gerne hören mochte. Am 28. Dezember wollte sie mit Wolfgang in einen Kurzurlaub über Silvester nach Ägypten fliegen, bis dahin musste sie eine Entscheidung getroffen haben. Tanja wäre es am liebsten gewesen, sie hätte mit Rücksicht auf die Ermittlungen im Fall Rigalski die Reise absagen können, aber der unwissende Arne hatte ihr angedroht, sich nun tatsächlich eine neue Team-Partnerin zu suchen, wenn sie sich nicht wenigstens an den geplanten sechs Tagen erholen würde. Im Grunde würde es ihr auch nicht helfen, den Entschluss weiter wegzuschieben, sie musste sich der Situation stellen.

Susanne hoffte, dass ihre Freundin einen Weg für sich finden würde, das konnte ihr niemand bei einer so weitreichenden Entscheidung abnehmen. Susanne fand es auch belastend, dass sie mit Arne nicht darüber reden konnte, aber Tanja hatte sie um Schweigen gebeten. Nachdenklich setzte Susanne das Teewasser auf, brühte den Kaffee für Arne und schreckte die Frühstückseier ab. Sie liebte es, mit ihrem Freund gemeinsam zu frühstücken und ihm von ihren Gedanken und Plänen für den Tag zu erzählen. Jetzt stand die Sache mit Tanjas Schwangerschaft zwischen ihnen, ohne dass sie daran etwas hätte ändern können. Susanne deckte den Frühstückstisch mit Blick über die Dächer von Mainz. Wenn sich das mit Arne tatsächlich zu einer festen Beziehung entwickeln würde, dann wäre ihre Wohnung wohl zu klein. Aber Susanne konnte sich nicht vorstellen, noch einmal ohne diesen zauberhaften Blick wohnen zu können. Sie ging ins Schlafzimmer und gab Arne einen kräftigen Aufwach-Kuss. „Leider müssen wir uns trennen", sagte sie in sein verschlafenes Gesicht hinein.

„Warum?", fragte er gähnend.

„Weil, wenn wir zusammenbleiben, wird die Wohnung zu eng und ohne diesen Mainz-Blick kann ich nicht leben."

Arne zog sie zu sich. „Das leuchtet ein. Bekomme ich vor der Trennung noch ein Frühstück? Oder noch mehr? Oder dürfen das Pfarrerinnen nicht am Heiligen Abend?"

Susanne fand, dass es schließlich das Fest der Liebe sei und dass man die Feste feiern solle, wie sie fallen. Das Frühstück musste warten.

Susanne hatte gerade 300-mal „Gesegnete Weihnachten" gewünscht und dazu Hände geschüttelt, in fremde und ihr bekannte Gesichter gelächelt und sich in der Zugluft an der Tür von St. Johannis kalte Füße geholt, als das zarte Stimmchen von Philipp Müller an ihr Ohr drang: „Ich möchte gerne die Zehn Gebote aufsagen." Susanne schluckte eine ablehnende Bemerkung herunter. Philipp war Konfirmand, ein Schrank, schon jetzt mit seinen vierzehn Jahren über 1,90 groß und breit, der geborene Eishockeyspieler. In seinem großen Körper wohnten eine kindliche Stimme und ein schlichter Geist, Philipp war nicht helle, aber ein richtig lieber Kerl, den Susanne ins Herz geschlossen hatte. Jetzt lächelte Philipp Susanne schüchtern von oben an. Sie war verblüfft, dass er das mit den Zehn Geboten überhaupt auf die Reihe bekommen hatte. Alle Konfis mussten ein bestimmtes Pensum an Lernstoff auswendig können und im Verlauf des Konfirmandenunterrichts aufsagen und Susanne hatte schon damit gerechnet, bei Philipp ein wenig nachhelfen zu müssen. Jetzt hatte sich dieses Riesenbaby ausgerechnet am Heiligen Abend aufgerafft, die Zehn Gebote aufzusagen – wer konnte schon wissen, ob er sie am ersten Weihnachtsfeiertag noch beherrschen würde. Dieses Risiko musste vermieden werden, auch um den Preis, dass Arne, Tanja und Wolfgang mit der Bescherung und dem traditionellen Heringssalat noch etwas warten mussten.

„Toll, Philipp, da hast du ja viel gearbeitet, am besten gehen wir in die Sakristei, da zieht es nicht so." Susanne nahm ihren Freund Arne, der neben dem Eingang auf sie gewartet hatte, kurz in den Arm. „Macht schon mal den Sekt auf, ich komme bald. Und futtert mir nicht den ganzen Heringssalat weg." Arne mimte kurz den Verzweifelten, aber er war es gewohnt, dass seine Liebste es selten schaffte, pünktlich nach dem Gottesdienst zum Essen zu erscheinen.

Philipp lächelte froh. In der Tat hatte er mit seinem Opa, der über die Weihnachtsfeiertage zu Besuch gekommen war, stundenlang geübt und platzte jetzt vor Stolz, als er Susanne mit seinen Kenntnissen verblüffen konnte. Opa sei Dank – Philipp meisterte die Aufgabe und Susanne hakte die Zehn Gebote auf seinem Aufgabenblatt ab.

„Übermorgen packe ich die Seligpreisungen", verkündete Philipp glücklich, „Opa hat gesagt, das klappt."

Susanne nahm sich vor, dem Großvater von Philipp ein dickes Lob auszusprechen, sollte er seinen Enkel zum Gottesdienst begleiten, und Arne vorzuwarnen, dass er am zweiten

Feiertag die Kartoffeln nicht schon beim Vaterunser-Läuten aufsetzen sollte. Dann räumte sie ihren Predigtordner in die Aktentasche, schloss die Sakristei ab und freute sich auf die vier Stunden, die ihr bis zum Beginn der Christmette gemeinsam mit ihren Freunden blieben. Und hoffentlich würde es Tanja gelingen, an diesem Abend gute Laune zu zeigen.

„Kimberly war eine entzückende rothaarige Maria und Ann-Sophie hat sich als Verkündigungsengel nicht versprochen, einmal abgesehen davon, dass sie lispelt. ‚Sssiehe, ich verkündige euch grossse Freude, die allem Volk wiederfahren wird.' Immerhin nur zwei S, es könnte schlimmer sein", erzählte Susanne später.

„Ich finde, es klang ganz süß", meinte Arne. „Pech für sie, dass sie Ann-Sophie heißt. Falls die Logopädin nicht ganze Arbeit bei ihr leistet, könnte sie später vielleicht eine Namensänderung in Kimberly beantragen."

Wolfgang Jacobi grinste. „Ich hab ja keine Kinder, aber wenn's mal klappen sollte mit einer Tochter, dann stehen die Namen Ann-Sophie und Kimberly ganz oben auf der Liste, was meinst du, Tanja?"

Susanne erstarrte, aber Tanja behielt die Fassung. „Ich bin für Chantal, und wenn es ein Junge wird: Leonardo. Nach Leonardo di Caprio. Kannst du mir mal den Heringssalat reichen?" Susanne applaudierte ihrer Freundin im Stillen.

Auch die Christmette verlief zur allgemeinen Zufriedenheit. Susanne hatte sich den Sekt verkniffen, sie brauchte ihre volle Konzentration. Tanja hatte am Abend ebenfalls nichts getrunken, ihr Glas nur in der Hand gehalten. Susanne nahm das als Hinweis darauf, dass sie zumindest in Erwägung zog, das Kind zu behalten.

Susanne schien allerdings, als ob sich Kantor Arzfeld ein Gläschen zur Bescherung gegönnt hatte, seine Variation zu „O du fröhliche" erklang irgendwie perlend und mit einigen bei ihm ungewohnten schiefen Tönen, dabei handelte es sich nicht um ein Werk des 20. Jahrhunderts. Susanne atmete auf, als der letzte Ton verklungen und auch diese späten Besucher mit einem herzlichen „Gesegnete Weihnachten" in die verschneite Nacht verabschiedet waren. Jetzt würde auch sie sich ein oder zwei Gläser mit Arne und – wenn sie noch da waren – Tanja und Wolfgang gönnen.

Susanne ging durch die stille Schneenacht über den Leichhof nach Hause. Hier hatten die Domherren früher ihre Toten beerdigt. Tagsüber war von der ehemaligen Friedhofsruhe nichts zu spüren, aber jetzt strahlte der Platz eine merkwürdige Atmosphäre aus. Susanne wurde es für eine Sekunde mulmig zumute. Sie beschleunigte ihre Schritte und war bald daheim angelangt. Als sie die schneebedeckten Schuhe ausgezogen hatte und im gemütlich warmen Wohnzimmer saß, das Arne sogar mit einem kleinen Christbaum geschmückt hatte, war die flüchtige Empfindung schon vergessen.

Samstag, 25. Dezember 2010, erster Weihnachtsfeiertag

Losung: Ihr sollt in Freuden ausziehen und im Frieden geleitet werden. (Jesaja 55, 12)
Lehrtext: Die Hirten kehrten wieder um, priesen und lobten Gott für alles, was sie gehört und gesehen hatten, wie denn zu ihnen gesagt war. (Lukas 2, 20)

Susanne joggte durch den Gonsenheimer Wald und wusste nicht, ob sie eine Kiefer umhauen oder sich heulend im Schnee wälzen sollte.

Dabei hatte der Weihnachtstag ganz friedlich begonnen, mit einem schönen Frühstück, einem festlichen Gottesdienst und einem von Arne liebevoll gedeckten Mittagstisch, nur für sie beide. Leider waren bei Tisch zwei Reizthemen aufgekommen. Zum Ersten hatte Arne wieder einmal gesagt, dass er es sich nicht vorstellen konnte, sein Leben lang in Mainz zu bleiben, zum Zweiten hatte er Susanne vorgehalten, dass sie sich nicht auf die Nachfolge von Dekan Dr. Weimann beworben hatte. Wobei das Problem weniger Susannes fehlender Ehrgeiz in Sachen Dekanamt war als die Person, die sich statt ihrer jetzt für diesen Posten interessierte: Athina Sahler, die als Pfarrerin im übergemeindlichen Dienst beim Diakonischen Werk arbeitete. Athina Sahler war die Lieblingsfeindin von Susanne Hertz. Wenn man Athina um eine Selbstbeschreibung gebeten hätte, dann hätte sie die Adjektive weltgewandt, zielorientiert, attraktiv und intellektuell genannt. Würde man Susanne fragen, dann käme egozentrisch, angefettet, ein Gang wie ein Kutschergaul mit passendem Hintern, dümmlich und eingebildet. Arne spottete immer, dass wahrscheinlich nur Gott die Wahrheit über Athina Sahler kannte. Susanne jedenfalls war aus allen

Wolken gefallen, als ausgerechnet der „Kutschergaul" sich um die Nachfolge des von ihr so heiß verehrten Dekans beworben hatte. Zumal sonnenklar war, dass die Abneigung gegenseitig war.

„Du hättest ja Interesse zeigen können, als der Propst dich angerufen und gefragt hat, ob du als Dekanin kandidieren möchtest. Aber du warst ja zu faul, dich von St. Johannis wegzubewegen. Ich dagegen habe keine Lust, hier in Mainz zu versauern. Du warst ja schon in der Weltgeschichte unterwegs, ich nicht."

„Deswegen bin ich ja froh, endlich ein Zuhause in Mainz und in St. Johannis gefunden zu haben."

„Tolles Zuhause, in dem bald Athina Sahler das Sagen hat."

Irgendwie war der erste Weihnachtsfeiertag dann aus dem Ruder gelaufen. Arne hatte verkündet, dass er ein Kaffeetrinken bei seinen Eltern einer zickigen Freundin allemal vorziehen würde und war gegangen, Susanne konnte sich daraufhin nicht entscheiden, ob sie das Höchster Porzellan ihrer Oma am Wohnzimmerschrank zerschmettern, den Christbaum mit dem Elektromesser zersägen oder alle übrig gebliebenen Plätzchen auf einmal essen sollte. Sie hatte schon ihre Hand in der Keksdose, als sie an den Kutschergaul dachte – alles, nur nicht auch noch einen Hintern wie Athina bekommen, dann doch lieber den Frust weglaufen. Ihr armer alter Alfa schlidderte über die schlecht geräumten Mainzer Straßen bis nach Gonsenheim.

Jetzt war sie schon seit einer halben Stunde im verschneiten Forst unterwegs und leider kamen ihr immer noch die Tränen, wenn sie an Arne dachte. Glücklicherweise waren kaum Menschen unterwegs, jetzt, so kurz nach dem Mittagessen, kein Wunder! Susanne spürte die Weihnachtsgans bei jedem Schritt. Leider hatte sie kurz vor dem Fest einmal nachgelesen, wie viele Kalorien so eine Weihnachtsgans mit sich brachte: 1800! In Worten: Eintausendachthundert. Und zwar pro Person, nicht pro Gans. Das Glas Wein (glücklicherweise hatte sie nur eines getrunken), die Markklößchensuppe vorher und die Maronencreme als Dessert trugen das ihrige dazu bei, dass sie die 3000-Kalorien-Hürde an diesem ersten Weihnachtstag locker übersprungen hatte. Wahrscheinlich war es total ungesund, mit einer solchen Last in Magen und Gedärm durch den Wald zu joggen. Immerhin strampelte sie sich gerade tapfer 800 Kalorien ab, das dürfte der Markklößchensuppe entsprechen – hoffentlich jedenfalls.

Eigentlich müsste man doch Lamm essen, an Weihnachten, überlegte Susanne, während sie sich mühsam ihren Weg durch den Schnee bahnte. Die Hirten hatten doch Schafe gehütet und keine Gänse. Maria und Josef hatten, wenn sie überhaupt vor der Flucht nach Ägypten noch Zeit für ein Menü hatten, doch sicher eines der mitgebrachten Lämmer verspeist, als Kraftnahrung für die Reise. Völlig absurd fand sie bei genauerem Nachdenken die Sitte mit den Karpfen! Ein Karpfen in einem Teich in Bethlehem! Gab es da überhaupt Teiche? Wohl kaum! Dann doch eher eine Gans. Oder war der Karpfen in Mode gekommen, weil die ersten Christen als Geheimzeichen den Fisch hatten? Diese kulinarisch-theologischen Gedanken lenkten sie immerhin ein bisschen von ihrem Kummer über Arne ab. Als sie nach wacker überstandenen zehn Kilometern an der Vierzehn-Nothelfer-Kapelle ihre Dehnübungen absolvierte, sehnte sie sich schon sehr nach ihrem flüchtigen Liebsten. Der saß jetzt bestimmt vor Muttis Weihnachtstorte und ließ es sich ohne sie gut gehen. Wieder spürte sie, wie ihr die Tränen in die Augen schossen – ganz dicke Selbstmitleid-Tränen. Was sollte sie tun? Anrufen und riskieren, mit Arnes Eltern sprechen zu müssen? Und wenn Arne dann am Telefon war – was sollte sie sagen?

„Schatz, ich habe mir gerade die Markklößchensuppe abtrainiert und möchte gerne mit dir andere sportliche Übungen anschließen, um die Maronencreme auszugleichen …" Oder: „Ich stehe hier vor der Vierzehn-Nothelfer-Kapelle und überlege, ob es einen Nothelfer für Liebeskummer gibt – den Heiligen Arne …" Oder: „Du bist so ein Idiot, dass du mir ausgerechnet an Weihnachten mit Athina Sahler und deinen Auslandsplänen kommst, entschuldige dich einfach, und alles ist o.k. …"

Letztere Version schied sie relativ zügig aus, diese Idee schien kaum geeignet, um eine freudige Rückkehr zu initiieren. Schließlich nahm sie sich vor, ganz spontan zu sein und aus der Situation zu entscheiden. Warum musste sie überhaupt mit Arnes Eltern reden, wozu hatte er ein eigenes Handy? Sie nestelte ihr Handy aus der Jacke und wählte seine Nummer. Als sie dann seine Stimme hörte, gelang es ihr nur, ein verheultes „Bitte komm bald" herauszuquetschen. Aber das reichte schon aus, Arne versprach, bald loszufahren. Und dunkel hatte Susanne den Eindruck, dass auch seine Stimme etwas zittrig klang.

Dekan Dr. Weimann hatte vor einem halben Jahr im Juni nach einer gemeinsamen Pilgerwanderung mit seiner Frau entschieden, dass er seine Ehe retten müsse, und das ginge nur in einem Beruf mit geregelten Arbeitszeiten. Das Amt des Dekans jedoch war ein Beruf mit denkbar ungeregelten Arbeitszeiten, das traf so auch auf das Gemeindepfarramt zu. Frau Weimann aber war nicht mehr gewillt, ständig zu

Hause zu sitzen, während ihr Mann von Sitzung zu Sitzung und von Gottesdienst zu Gottesdienst eilte. Sie hatte ihrem Mann vorgeworfen, dass er mehr Zeit mit seiner Sekretärin und dem stellvertretenden Dekan verbrächte als mit ihr. Feinfühlig sagte sie nicht, dass er auch viel Zeit mit der Finanzexpertin des Dekanats verbracht und dabei nicht nur an ihren Buchungskünsten Gefallen gefunden hatte. Sie hatte sehr wohl gemerkt, dass sich ihr Mann verliebt hatte. Die Finanzexpertin war im Mai letzten Jahres ermordet worden und Frau Weimann hatte genau gespürt, wie sehr ihr Mann darunter gelitten hatte. Nach der Pilgerwanderung stellte sie ihn vor die Wahl: Amt oder ich, und Weimann bat den Propst als seinen Vorgesetzten daraufhin um seine Versetzung auf eine Schulpfarrstelle. Kopfschüttelnd hatte der Propst zugestimmt, eine solche Entscheidung hatte noch kein Dekan getroffen – aber Dekan Dr. Weimann war ja schon immer ein Exot gewesen.

Susanne wusste nicht, was sie mehr vermissen sollte: seine klugen Bemerkungen, seine unbedingte Verlässlichkeit oder seine Krawatten, die immer eine Spur des Frühstück- oder Mittagessens trugen und rätselhafterweise auf einer stets blütenweißen Hemdbrust prangten. Jedenfalls fand sie seine beruflichen und persönlichen Fußstapfen viel zu groß, als dass sie eine Bewerbung in Betracht gezogen hätte. Athina Sahler kannte solche Bedenken offenbar nicht. Doch Susanne sah nicht ein, dass der Kutschergaul ihr wieder die Laune verdarb. Sie manövrierte ihren Alfa aus der verschneiten Parklücke vor der Kapelle und beeilte sich, nach Hause zu kommen. Schließlich wollte sie Arne nicht verschwitzt, sondern frisch geduscht empfangen.

Abends saßen Arne und sie friedlich vor dem Christbaum und tranken ein Glas Versöhnungssekt.

„Bedauerst du es, dass du dem Propst abgesagt hast?", fragte Arne.

Susanne schüttelte den Kopf. „Vielleicht möchte ich in ein paar Jahren Dekanin werden, jetzt jedoch nicht. Außerdem", sie schaute ihn verschmitzt an, „mein Freund plant einen Auslandsaufenthalt, da muss ich flexibel bleiben und kann nicht ein Dekanat übernehmen – das wäre unfair. Du siehst ja, wie schwer es allen fiel, sich von Weimann zu verabschieden."

Arne gab ihr einen dankbaren Kuss. „Ist es denn klar, dass es Athina Sahler wird?", fragte er.

„Es wird sicher Gegenkandidaten geben, letztlich kommt es darauf an, wessen Einschätzung überwiegt."

„Eingebildeter Kutschergaul oder attraktive Intellektuelle?"

Susanne grinste. „Genau."

Sonntag, 26. Dezember 2010, zweiter Weihnachtsfeiertag

Losung: Gelobt sei Gott, der seinen Engel gesandt und seine Knechte errettet hat, die ihm vertraut haben. (Daniel 3, 28)
Lehrtext: Gott befahl den Weisen im Traum, nicht wieder zu Herodes zurückzukehren, und sie zogen auf einem andern Weg wieder in ihr Land. (Matthäus 2, 12)

Tanja hatte schlecht geschlafen. Im Traum war sie Wolfgang hinterhergelaufen und hatte ihn nicht erreicht, so sehr sie sich auch bemüht hatte. Sie wollte seine Nummer wählen und konnte sich plötzlich an die Zahlenfolge nicht erinnern, sie versuchte, zu einem vereinbarten Treffpunkt am Dom zu gelangen und verpasste die Straßenbahn oder saß in der falschen Linie. Sie ärgerte sich über sich selbst, dass es ihr nicht gelang, das Domcafé zu finden, in dem Wolfgang nun schon seit Stunden vergeblich auf sie wartete. Sie stapfte durch verschneite Straßen, die ihr nur vage bekannt vorkamen; Passanten schauten sie verständnislos an, als sie sie um Hilfe bat. In der Ferne erblickte sie die Eisenbahnbrücke. Offenbar war sie in Weisenau unterwegs. Es war zum Verzweifeln.

Schweißgebadet wachte sie auf. Wolfgang lag friedlich schlafend neben ihr und wirkte auch nicht so, als ob er gerade stundenlang im Domcafé vergeblich auf sie gewartet hätte. Er trug einen Schlafanzug und war in seine Bettdecke gewickelt, eben wie jemand aussah, der einem Feiertagsmorgen entspannt entgegenschlummerte. Aus diesen Indizien schloss Tanja messerscharf, dass sie gerade geträumt hatte. Sie kuschelte sich leicht an Wolfgang, um ihn nicht zu wecken.

Noch zwei Tage, dann ging der Flieger nach Ägypten. Warum sollte sie nicht die Zeit des Urlaubs nutzen, um sowohl nachzudenken als auch ihn einzubeziehen. Tanja ahnte, dass sie wieder einmal eine wichtige Entscheidung vertagte, um sich nicht stellen zu müssen. Das war schon öfter in ihrem Leben so gewesen. Sie hatte die Tendenz, entweder viel zu schnell vorzupreschen oder zögerlich zu sein, weil sie ihre eigenen Kräfte unterschätzte. Sie wusste das, und trotzdem: Ein altvertrautes Muster lässt sich nur schwer verändern.

Was wollte ihr der Traum sagen? Sie überlegte. Im Grunde ging es darum, dass es lebenswichtig war, Wolfgang zu treffen. Sie wusste, wo er war, und sie erreichte ihn trotzdem nicht. Tanja betrachtete ihren schlafenden Gefährten. In der Tat, sie wusste, wo er war. Was sie hinderte, waren weder verschneite Straßen noch die falsche Straßenbahn, es war sie selbst, ganz allein sie. Deshalb konnte ihr auch kein Passant helfen. Die Lösung lag ganz nah, so nah wie Wolfgang neben ihr im Bett lag. Und doch schaffte sie es nicht, sich ihm ganz anzuvertrauen, den Weg zu ihm zu finden, so wie ihr im Traum die Telefonnummer nicht eingefallen war. Tanja ahnte, dass sie sich dieses Mal nicht endlos drücken konnte. Eine Schwangerschaft dauerte neun Monate. Ihr blieb höchstens noch ein Monat um zu wissen, ob sie ihr Kind wollte oder nicht.

Susanne war froh, dass die Kantorei mit ihr den Gottesdienst am zweiten Weihnachtsfeiertag als musikalischen Gottesdienst gestaltete. So hatte sie nur eine kurze Predigt zum Thema „Engel und himmlische Klänge" vorzubereiten, die ihr am gestrigen Abend nach der Versöhnung mit Arne förmlich aus der Feder geflossen war.

„Nette Predigt", sagte eine angenehme Stimme und Susanne blickte in einer Mischung aus Verblüffung und Ärger in das Gesicht von Athina Sahler. „Nett" war sicher das vernichtendste Adjektiv, das einem zu einer Predigt einfallen konnte – kurz gefolgt von: „Das war aber auch ein schwerer Bibeltext."

„Sie hier?"

Athina nickte zufrieden. Die Überraschung war ihr gelungen, die kleine Spitze angekommen. „Sie sehen mich jetzt öfter, liebe Kollegin, ich habe mich entschlossen, in der Johanneskantorei mitzusingen, Kantor Arzfeld ist wirklich ein hervorragender Musiker und ich darf geschmeichelt sagen, dass er sich nach dem Vorsingen sehr gefreut hat, dass ich in Zukunft den Alt bereichern werde."

Bescheidenheit war noch nie eine Stärke von Athina gewesen. Außerdem war sie eine Meisterin des Networking. „Es sind ja so wahnsinnig interessante Menschen in diesem Chor, z. B. Professor Vollbrecht von der Uniklinik oder Frau Bertram, die neue Kulturdezernentin, oder Frau Hassebrecht, die Frau des Ministers, Sie wissen schon. Frank Gärtner vom ZDF ist ein wunderbarer Bass. Ich bin der festen Überzeugung, dass Kirche sich nicht einschließen darf in einem Nischendasein, sondern raus muss, Kontakte knüpfen, sich einbringen mit ihren Fähigkeiten und Stärken." Athina Sahler lächelte zufrieden.

Susanne kam beinahe der Frühstückstee hoch. Athina klang jetzt schon richtig staatstragend, das konnte ja nur schlimmer werden, wenn sie tatsächlich Dekanin werden sollte. Zumal Athina Sahler neben ihrem von Susanne bestaunten Kutscherhintern noch eine andere Fähigkeit hatte: Sie war eine geborene Radfahrerin, nach oben buckeln, nach unten treten. Susanne sah schon vor ihrem geistigen Auge, wie Dekanin Athina Sahler im Rotary-Club, der VIP-

Lounge der Coface-Arena und bei Premieren des Staatstheaters um die Aufmerksamkeit der mehr oder weniger wichtigen Mainzer buhlen würde. Und sie ahnte leider auch, wen Athina für die Rolle der Getretenen vorsehen würde. Wahrscheinlich war ein Stellenwechsel die einzige Lösung. Hoffentlich wollte Arne nicht in die Ukraine. Gab es da überhaupt Evangelische?

„Ich hab die Seligpreisungen geschafft", unterbrach das Kinderstimmchen von Philipp das traute Zusammentreffen der beiden Pfarrerinnen, während er seine Pranke schwer auf Susannes Schulter legte. „Opa hat mit mir gelernt. Das ist Opa. Darf ich jetzt?"

Susanne hätte Philipp am liebsten dafür umarmt, dass er sie von der schrecklichen Athina erlöste.

„Selig sind die geistig Armen", sagte sie unwillkürlich laut und Philipp ergänzte sofort: „Denn ihrer ist das Himmelreich."

Susanne strahlte. „Philipp, das klingt ja schon sehr gut. Und das ist dein Opa? Herzlichen Glückwunsch, Sie sind ja der reinste Motivationstrainer, kann ich Sie generell für den Konfunterricht ausleihen?"

Philipps Opa war ein kleiner, wendiger Mann Anfang sechzig mit einem leichten Bauchansatz, Cordhosen und einer Holzfällerjacke, der Susanne pfiffig anstrahlte. Kaum zu glauben, dass er der Opa von Philipp war, der ihn um mehr als Haupteslänge überragte.

„Ich sag dann mal: Frohe Weihnachten", verabschiedete sich Athina, „ich will den pfarramtlichen Alltag ja nicht stören." Sie lächelte maliziös.

Wahrscheinlich, mutmaßte Susanne, sind ihr Philipp und sein Opa auch nicht wichtig genug. Wäre Philipp der Enkel des ZDF-Intendanten, hätte Athina zur Not die Seligpreisungen für ihn aufgesagt oder in frommer Begeisterung darum gebeten, beim Vorsagen dabei sein zu dürfen.

„Hallo, Herr Professor Vollbrecht", hörte sie Athinas in der Tat beneidenswert schöne Altstimme schon im nächsten Moment in ihrem Rücken. „Frohe Weihnachten Ihnen und Ihrer lieben Gattin!"

Susanne schüttelte sich.

„Ist Ihnen kalt?", fragte Philipps Opa besorgt, „hier zieht es auch wirklich."

Susanne verneinte: „Im Gegenteil, frische Luft tut mir gut. Aber jetzt gehen wir mal in die Sakristei und schauen, was Sie beide über den ersten Weihnachtsfeiertag miteinander geleistet haben."

Montag, 27. Dezember 2010

Losung: Ich bin dein, hilf mir! (Psalm 119,94)
Lehrtext: Herr, du lässt deinen Diener in Frieden fahren, wie du gesagt hast, denn meine Augen haben deinen Heiland gesehen. (Lukas 2, 29-30)

Die rechtsmedizinische Untersuchung der Leiche von Rigalski hatte keinen Hinweis auf Fremdverschulden ergeben. Der Professor war erfroren, mit einer gehörigen Portion Alkohol im Blut und mit hohen Blutzuckerwerten.

„Was hatten diese hohen Blutzuckerwerte für Folgen?", fragte Arne am Telefon die immer noch etwas verschnupft wirkende Ärztin.

„Dem Mann dürfte übel geworden sein, möglicherweise war er sehr müde und schlapp und nicht mehr voll orientiert."

„Hat er das denn nicht bemerken können?"

Die Ärztin überlegte. „Nicht unbedingt, es kann sein, dass ihm zunächst nur ein bisschen übel war, bei seinen Blutwerten hätte er das auch gut auf den Alkoholkonsum zurückführen können. Die Übelkeit dürfte sich dann während des Heimwegs verstärkt haben." Die Ärztin schwieg einen Augenblick. „Die Frage ist nur, wie ihm das als erfahrenem Diabetiker passieren konnte – so hohe Werte. Er spritzte sich eigentlich immer zuverlässig Insulin, das wusste jeder. Diabetes sei für ihn kein Problem, hat er immer gesagt. Allerdings hatte er Vorschädigungen der Koronargefäße durch seinen Diabetes, deshalb wohl auch sein Infarkt vor ein paar Jahren. Wenn Sie noch Fragen haben – rufen Sie an, ich habe leider keinen Urlaub."

Tanja malte mit ihrem Kuli Kreise auf einen Notizblock.

„Hoher Blutzuckerspiegel, hoher Alkoholpegel, das waren wahrscheinlich die Nachwirkungen des freundschaftlichen Gelages bei den Vollbrechts."

„Und da die Vollbrechts nur gute Tröpfchen haben, hatte er kein Frostschutzmittel zu sich genommen. Glykol, das mischten sie doch in den Achtzigern in den süßen Wein von Mosel und Rhein. Ist aber außer Mode gekommen", ergänzte Arne.

Tanja feixte. „Glaubst du, das Glykol hätte ihm als Frostschutzmittel geholfen, eine der kältesten Nächte des Jahres zu überstehen, auf der Bank vor seinem Haus?"

Arne wurde ernst. „Wenn ich daran denke, wie viele arme Menschen auch in Deutschland dieses Jahr wieder erfroren sind oder erfrieren, nur weil sie draußen schlafen müssen … Jedenfalls: Du kannst beruhigt nach Ägypten fliegen und die Pyramiden bestaunen, bei Rigalski sind wir nicht mehr im Spiel, das muss jetzt die liebe Susanne zu Ende bringen. Aber vielleicht hat sie Glück und die Beerdigung ist noch in dieser Woche, dann müssen die Gonsenheimer Pfarrer ran."

Doch Susanne hatte kein Glück. Alle Beerdigungstermine der Woche waren schon vergeben und die Leiche von Johannes Rigalski würde in der ersten Woche des neuen Jahres, am 4. Januar, zu Grabe getragen werden. Das Bestattungsinstitut hatte die Trauerhalle für zwei Stunden gebucht, schließlich würde auch der Universitätspräsident, der Medizinische Direktor, ein Vertreter der Studentenschaft und des Rotary-Clubs sprechen.

„Und Susanne predigt", vervollständigte Arne abschließend. „Was macht ihr eigentlich in Ägypten – Schnorcheln am roten Meer?"

Tanja verneinte. „Du kennst doch Wolfgang, beim Wort Pauschaltourismus bekommt er Ausschlag. Nein, wir machen eine Oasentour, durch die Wüste, von Oase zu Oase, mit einem Geländewagen. Den ägyptischen Fahrer kennt Wolfgang noch aus seiner Zeit in Kairo."

Arne war beeindruckt. „Wo kennt Wolfgang eigentlich keine Menschen? Dann stoßt ihr auf das neue Jahr irgendwo in der ägyptischen Wüste an – romantisch. Fast wie Maria und Josef."

Tanja schaute fragend. „Na, die mussten doch mit dem frischgeborenen Jesus gleich nach Ägypten fliehen, damit König Herodes ihn nicht umbrachte, der hat sich dann an den armen Säuglingen in Bethlehem schadlos gehalten."

Irgendwie schien es Arne, als würde Tanja das Thema nicht erfreuen und er versuchte eine Ablenkung; schließlich wollte er den dünnen Frieden, der sich zwischen ihnen eingestellt hatte, nicht gefährden. Tanja brauchte wirklich Erholung. „Womit stoßt ihr eigentlich mitten in der Wüste auf das neue Jahr an? Mit Dattelsaft? Selbst Wolfgang wird es doch nicht gelingen, mitten in der Wüste ein Fläschchen Piccolo kalt zu stellen."

Tanja schaute stur. „Ich trinke im Moment keinen Alkohol", sagte sie.

Du kannst meinetwegen in deinen Oasen bleiben, dachte Arne. In das sich unangenehm ausbreitende Schweigen hinein klingelte das Telefon. Arne nahm ab. „Ja? Herr Professor Vollbrecht? Nein, wir ermitteln nicht, die Rechtsmedizin hat zwar einen hohen Alkoholspiegel, aber keine Hinweise auf Fremdverschulden ... Nein, wir können nicht sein Haus durchsuchen, weil es keinen Fall Rigalski für uns gibt ... Sie können sich gerne beim Polizeipräsidenten beschweren, aber meine Kollegin und ich dürfen nicht ermitteln, wenn es keine Hinweise auf ... Ja, selbstverständlich, wenn sich neue Erkenntnisse ergeben, dann kann der Fall wieder aufgenommen werden ... Nein, wir sind noch nicht im Haus gewesen, wenden Sie sich doch an Frau Rigalski, ihre Töchter sind sicher die Erbinnen ... Ja, ich bin Ihnen natürlich dankbar, wenn Sie neue Erkenntnisse an uns weitergeben ... Auf Wiederhören. – Das war Vollbrecht", erläuterte er überflüssigerweise.

„Was erwartet er?", fragte Tanja, „dass wir das Polizeipräsidium umkrempeln, nur weil sein betrunkener Freund im Garten erfroren ist?"

Arne zögerte. „Irgendwas an der Sache gefällt mir tatsächlich nicht."

Tanja machte einige gelangweilte Notizen. „Was willst du tun, die Sache ist erledigt."

Arne schaute sie ärgerlich an. „Ich weiß und ich weiß auch, dass wir noch mehr zu tun haben. Aber mir scheint, dass wir irgendetwas übersehen haben."

„Ach Quatsch, Vollbrecht soll seinen Freund Rigalski in Frieden ruhen lassen", antwortete Tanja, aber auch sie klang nicht so richtig überzeugt.

„Sind wir fertig für heute?", fragte Tanja am Nachmittag.

„Ja, du kannst packen gehen", antwortete Arne knapp, so ganz versöhnt war er noch nicht mit seiner Kollegin.

„Mir geht nämlich die Sache mit Rigalski nicht aus dem Kopf. Wer verbietet uns denn, noch einmal mit Vollbrecht zu sprechen? Nach Dienstschluss ist das doch erlaubt, vielleicht kommen wir dann in der Sache weiter – wenn es eine Sache gibt."

Arne sah Tanja überrascht an. „Ich dachte, er solle dir die Ruhe lassen?"

„Ja, aber meine Ruh ist hin, mein Herz ist schwer", entgegnete Tanja.

„Goethe, Faust I", diagnostizierte Arne messerscharf, „gut, mein Gretchen, dann lass uns mal den Medizinalrat kontaktieren."

Und zu ihrer großen Verblüffung hatte Matthias Vollbrecht tatsächlich Zeit für sie.

„Sie müssen uns schon ein bisschen helfen", meinte Tanja gereizt zu dem Professor. „Sie können nicht einerseits von uns vollen Einsatz verlangen und andererseits mit Informationen hinter dem Berg halten, die uns weiterhelfen könnten."

Vollbrecht drehte nervös am Bügel seiner Brille. „Ich kann wirklich nur Vermutungen nennen. Johannes hatte kein gutes Verhältnis zu seinem Chef, Nils Söderblöm. Erst recht nicht, nachdem er medizinischer Direktor geworden war. Söderblöm kam als Direktor an das Institut und fand Johannes vor ..."

Matthias unterbrach ihn: „Moment mal, ich dachte, Johannes Rigalski sei auch Professor gewesen ..." Vollbrecht nickte. „Sicher, an einem Institut können mehrere Professoren sein, doch nur einer ist der Chef, die anderen sind Oberärzte, in der Regel enge Vertrauenspersonen des Chefs. Doch wenn der Chef pensioniert wird, kommt es immer mal vor, dass Mitarbeiter „übrig bleiben". Nicht immer ist dann das Verhältnis zwischen dem neuen Chef und den altgedienten Kämpen gut. Manchmal gibt es persönliche Animositäten, manchmal hätte der neue Chef gerne seine eigenen Schüler auf den Posten und ärgert sich über die „Altlasten". Johannes war solch eine „Altlast" in den Augen von Söderblöm, da änderten Johannes' Qualifikationen gar nichts dran. Söderblöm hat auch dafür gesorgt, dass Johannes bei wichtigen Projekten außen vor war, das hat nun wieder Johannes zur Weißglut getrieben. Dass Söderblöm mehr als zehn Jahre jünger war als er hat auch nicht gerade zur Entspannung beigetragen. Außerdem hat Söderblöm eine enge Mitarbeiterin, Gabriele Fendrich, an die Uniklinik in Münster verloren, weil er ihr hier in Mainz keine Stelle anbieten konnte – den Ärger darüber hat er Johannes schon spüren lassen."

Arne überlegte. „Wollen Sie sagen, dass Söderblöm Ihren Freund Johannes Rigalski umgebracht hat, weil er eine Stelle nicht besetzen konnte?"

Vollbrecht schüttelte den Kopf. „Natürlich nicht, sonst gäbe es an dieser Uniklinik ständig Mord und Totschlag. Ich vermute, – und wie gesagt, ich kann das nicht beweisen und würde das niemals offiziell behaupten – dass es Johannes irgendwie gelungen ist, an belastendes Material über Söderblöm zu kommen. Ich nehme an, dass es Söderblöm war, sonst hätte sich Johannes nicht so in einer gewissermaßen triumphierenden Stimmung befunden. Ich schätze auch mal, dass es etwas mit Ägypten zu tun hat. Johannes deutete so merkwürdig an, dass Söderblöm der ‚Fluch der Pharaonen' getroffen habe."

Tanja lachte kurz auf. „Ägypten, das passt ja."

Vollbrecht schaute irritiert.

„Ich fliege morgen nach Ägypten, deshalb."

Vollbrecht wirkte nun eher ärgerlich. „Ich mache keine Scherze, bitte schön, hier geht es schließlich um Mord."

Tanja kniff den Mund zusammen. Arne versuchte einzulenken: „Woran könnte Söderblöm denn in Ägypten gearbeitet haben?"

Vollbrecht schüttelte den Kopf. „Das kann ich Ihnen leider nicht sagen. Söderblöm und ich haben kein engeres Verhältnis, sicher, eine Einladung zum Essen ab und an, wie es unter Institutsdirektoren üblich ist, aber Söderblöm wusste um die Freundschaft zwischen Johannes und mir und hielt sich deshalb verständlicherweise zurück."

Tanja hakte nach: „Warum eigentlich Ägypten? Was könnte ihn da in seiner Forschung weitergebracht haben?" Vollbrecht lachte bitter. „Wer weiß, vielleicht hat er über die Wirkung antiker Aphrodisiaka geforscht oder über das Sexualleben der Beduinen – wer weiß das schon. Sexualwissenschaftler waren mir im Grunde schon immer suspekt. Trotzdem: Ich wüsste auch gerne, woran er geforscht hat."

„Weil Sie dann wüssten, warum Johannes Rigalski sterben musste?", fragte Tanja.

Vollbrecht nickte. „Das könnte sein."

Athina Sahler krabbelte zwischen den Stühlen auf der Empore der St. Johanniskirche herum. Sie hatte genau gehört, wie Ehrenfried Gerlach, der Abteilungsleiter Fernsehspiel beim ZDF, in der Pause nach dem Foto seiner verstorbenen Mutter gesucht hatte. Es musste ihm aus dem Portemonnaie gerutscht sein, als er den Beitrag für die Kaffeekasse des Chors entrichtete. Engagiert hatten mehrere Sängerinnen und Sänger nach dem Bild gesucht, das für Ehrenfried Gerlach eine ganz besondere Bedeutung hatte – vergeblich. Jetzt saßen alle im „Flehlappen", einer traditionsreichen Gaststätte, und Athina witterte ihre Chance. Irgendwo war dieses verdammte Foto und sie würde diejenige sein, die es dem sicher vor Glück sprachlosen Ehrenfried Gerlach ganz nonchalant überreichen konnte. Plötzlich ging das Licht auf der Empore aus. Verdammt – sie hatte nicht daran gedacht, dass es eine Zeitschaltuhr für die Emporenbeleuchtung geben könnte. Athina Sahler fühlte nach einem Lichtschalter. War da nicht ein leichter Lichtschein? Wo kam der her? Athina Sahler tastete sich vorsichtig in Richtung dieser Lichtquelle. Es war stockduster in der großen Kirche und sie sah sowieso nicht mehr richtig gut, wenn es dunkel wurde. Da – das musste eine Türklinke sein. Der Lichtschein kam offenbar unter einer Tür her. Wo gab es hier oben eine Tür? Athina fühlte nach einer Klinke – da war sie. Sie öffnete die Tür und blickte – in das Orgelinnere. Ehe sie ihre Verblüffung überwunden hatte, bekam sie einen kräftigen Stoß, der sie in das Orgelgehäuse stolpern ließ. Unsanft knallte sie gegen eine Holzpfeife und bekam nicht mit, dass die Lampe im Gehäuse mit einem kräftigen Schlag zertrümmert wurde. Sie merkte nur, dass es dunkel wurde. Dann hörte sie, wie die Tür von außen verschlossen wurde. Sie brauchte noch eine weitere Minute, um zu begreifen, dass sie gefangen war. Athina Sahler schrie.

Dann bekam sie keine Luft mehr.

Dienstag, 28. Dezember 2010

Losung: Tue mir kund den Weg, den ich gehen soll, denn mir verlangt nach dir. (Psalm 143, 8)
Lehrtext: Der Engel des Herrn erschien dem Josef im Traum und sprach: Steh auf, nimm das Kindlein und seine Mutter mit dir und flieh nach Ägypten und bleib dort, bis ich dir's sage. (Matthäus 2, 13)

Susannes Alfa ächzte etwas auf dem Weg zum Flughafen. Aber ein Auto, das schon Umzüge von Paris nach Bonn und zurück gemeistert hatte, musste auch Susanne, Tanja, Wolfgang und das Gepäck aushalten.

„Du solltest mal deine Stoßdämpfer überprüfen lassen", meinte Tanja. „Ich weiß", gab Susanne zu, „aber am Ende ist es der Querlenker und das kann ich mir im Moment nicht leisten, denk mal dran, dass die gemeinen Versicherungen im Januar regelmäßig alle Beiträge abbuchen, ich bekomme im Januar immer einen Schock beim Blick auf meine Kontoauszüge. Der Alfa muss bis Februar durchhalten. Außerdem – so hast du schon mal ein gutes Training für euren Wüstenjeep, sei froh, wenn der überhaupt noch Stoßdämpfer oder einen Querlenker hat."

Tanja lachte. Susanne dachte traurig, dass Tanja die ganze Zeit kaum noch gelacht hatte. Hoffentlich würde ihr der gemeinsame Urlaub mit Wolfgang Klarheit schenken und Lebensfreude.

„Ich freu mich jedenfalls schon auf die Wüste, für mich ist die Wüste der Ort äußerster spiritueller Klarheit", sagte Wolfgang, so als ob er einen Teil ihrer Gedanken geahnt hätte.

Susanne hob den Zeigefinger: „Deshalb ist das Mönchtum auch in der Wüste erfunden worden. Denkt mal an den Heiligen Antonius, der hat in der ägyptischen Wüste seine Klause aufgebaut, total neu zu seiner Zeit, ein Trendsetter."

Der Alfa begann gefährlich zu schlingern. Wolfgang lächelte: „Nichts gegen deine Bildung, Susanne, aber halt beide Hände am Steuer und kümmere dich bald um deinen Querlenker, wir wollen ja schließlich in der ägyptischen Wüste ankommen und nicht von der A66 direkt in den Himmel starten."

Schuldbewusst nahm Susanne das Lenkrad wieder in beide Hände. „Grüßt mir jedenfalls Antonius, wenn ihr ihn seht. Ich beerdige derweil Professor Rigalski."

„Den kenne ich", meinte Wolfgang zu Tanjas großer Überraschung. „Ist der tot? Das wundert mich nicht, er hatte immer etwas Gefährliches und zugleich Gefährdetes an sich. Deshalb war ihm auch sein Haus in Gonsenheim so wichtig, als Schutzraum. Wo ist er denn gestorben?"

„Zu Hause", meinte Tanja betreten.

„Was hast du damit zu tun?", fragte Wolfgang. „Ein zunächst ungeklärter Todesfall, aber die Rechtsmedizin hat nichts entdecken können."

„Bleib an der Sache dran", meinte Wolfgang. „Schau dir den Fall nochmal an, wenn wir zurück sind. Wenn ein Johannes Rigalski stirbt, dann kann das nicht mit rechten Dingen zugehen – es sei denn, er wäre über neunzig. Warte mal, der hatte doch einen Herzinfarkt, vor einiger Zeit, wenn er jetzt wieder einen Infarkt hatte, dann ist vielleicht doch alles o.k."

„Er war 55", informierte Susanne.

„Und er hatte keinen zweiten Infarkt", gab Tanja zu.

„Dann war es Mord", entschied Wolfgang Jacobi.

„Übrigens hat es vielleicht was mit Ägypten zu tun, mit

Forschungen eines Professor Söderblöm, der war der Chef von Rigalski", ergänzte Tanja.

Wolfgang runzelte die Stirn. „Pharmaforschung? Vielleicht hören wir ja etwas, wo wir schon einmal im Lande sind."

Tanja schaute ihren Freund an und verstummte. Wolfgang schien den Fall Rigalski ernst zu nehmen.

„Hast du schon mal was mit Pharmaforschung zu tun gehabt?", fragte Susanne neugierig. Wolfgang nickte. „Allerdings nicht direkt, ich hatte in Ägypten einmal eher zufällige Kontakte und habe dann aus Neugier ein bisschen recherchiert. Das ist ein riesiger Markt, da geht es um sehr viel Geld und manchen Firmen ist es ganz lieb, wenn die Versuchspersonen nicht so genau nachfragen, welche Risiken sie eingehen. Ägypten, Tunesien, Jemen, das sind arme Länder, wer schert sich da schon um ein paar Herzinfarkte nach einer Studie, wenn dafür Dollars rollen. Wenn Söderblöm mit Studien in Ägypten zu tun hatte, dann habe ich eine gewisse Chance, davon zu hören."

Tanja seufzte. Ob das wirklich ein Urlaub werden würde? Für einen Moment dachte sie daran, dass sie um ein klärendes Gespräch herumkäme, wenn Wolfgang sich auf Spurensuche in Ägypten begeben würde. Doch im nächsten Augenblick war ihr klar, dass sie diese Zeit nutzen musste – sie hatte keine zweite Chance. Der Alfa schlingerte wieder.

Mittwoch, 29. Dezember 2010

Losung: Haben wir nicht alle einen Vater? Hat uns nicht ein Gott geschaffen? Warum verachten wir denn einer den andern? (Maleachi 2, 10).
Lehrtext: Nehmt einander an, wie Christus euch angenommen hat, zu Gottes Lob. (Römer 15,7)

„Das hätte Papa nie gewollt!"

Nora fauchte ihre Schwester Caroline an, die gerade den Vorschlag gemacht hatte, bei der Beerdigung ihres Vaters „Time to say goodbye" einzuspielen.

Auch Susanne Hertz konnte sich nach allem, was sie von Johannes Rigalski bisher gehört hatte, nur schwer vorstellen, dass die gefühlvoll von Andrea Bocelli und Sarah Brightman interpretierte Hymne die rechten Abschiedsklänge für den Verstorbenen bieten könnte. Den haltlosen Tränenausbruch, mit dem Caroline auf den Rüffel ihrer Schwester reagierte, fand sie jedoch trotz des traurigen Anlasses ziemlich theatralisch. Beide Schwestern hatten sich offenbar vorgenommen, dieses Beerdigungsgespräch als Bühne zu nutzen. Beide bekriegten sich mit verbissener Hartnäckigkeit, wobei Caroline die „sanfte Liebe" gab, Nora das „ehrliche Biest". Beide bebten vor Verachtung füreinander. Vielleicht war Caroline auch besonders ärgerlich über den gelungenen Auftritt von Nora, die fast eine Stunde verspätet zum Gespräch erschienen war und erklärte, dass sie eben niemals vor 15 Uhr aufstünde. Als sie auftauchte, war es fast 16 Uhr. Die Stunde dazwischen hatte Nora jedoch offensichtlich nicht für eine ausführliche Körperpflege genutzt. Ihre Haare hingen strähnig herab, die Haut war fahl und aufgedunsen, Nora wirkte, als ob sie die Trauer über ihren Vater am Vorabend in einer Flasche Wodka ertränkt hätte. Caroline dagegen hatte sich die Haare wie eine Balletttänzerin aufgesteckt, eine Frisur, die ihrem runden, pausbäckigen Gesicht partout nicht stand. Erschwerend kam dazu, dass sie sich seit Beginn des Gesprächs schon fünfmal in Tränen aufgelöst hatte. Die einzigen, die die Fassung behielten, waren Mirja Rigalski und Matthias Vollbrecht – einmal abgesehen von Susanne, die sich nicht entscheiden konnte, ob sie hinter ihrer professionellen Haltung fasziniert oder abgestoßen oder beides sein sollte. Gerade warfen sich beide Töchter gegenseitig vor, den Vater nie geliebt und es nur auf sein Erbe abgesehen zu haben. Nora und Caroline waren in der Tat mehr mit sich als mit ihrem verstorbenen Vater beschäftigt und Susanne dämmerte, dass die beiden sich auch sonst im Leben im Wesentlichen um ihren eigenen Bauchnabel drehten. Susanne hoffte für die beiden, dass das eine typisch pubertäre und damit vorübergehende Attitüde sei, sie befürchtete jedoch, dass es sich um einen dauerhaften Charakterfehler in Folge fehlender Erziehungskonsequenz handeln könnte. Im Stillen schickte sie ein Stoßgebet nach oben, dass ihre Kinder – sollte sie jemals welche haben – bitte keinerlei Ähnlichkeit mit den Sprösslingen Rigalskis aufweisen sollten. Weder optisch noch was die inneren Werte anging.

„Jetzt reicht's", sagte Mirja Rigalski scharf.

Susanne zuckte schuldbewusst zusammen. Hatte die Witwe ihre Gedanken gelesen? Doch die Zurechtweisung galt den beiden Töchtern, die überraschenderweise tatsächlich sofort ihre Münder zuklappten und augenblicklich zu normalen jungen Frauen mutierten, ein Wandel, den nun wiederum Susanne fast mit offenem Mund registrierte; es gelang ihr nur knapp, ihr Staunen zu verbergen. Der Ton war scharf gewesen, entschieden, doch Mirja Rigalski wirkte weder echauffiert noch in irgendeiner Form verändert. Im Gegenteil, sie lächelte sanft, was ihren Worten jedoch nichts von ihrer Härte nahm.

Es war klar, wer in diesem Haus das Sagen hatte. Das Wort Erziehung schien bei Rigalskis doch kein Fremdwort zu sein. Susanne überlegte, ob sich Mirja Rigalski auch ihrem Ex-Mann gegenüber so hatte durchsetzen können oder ob sie diese Kraft erst nach der Trennung entwickelt hatte. Rigalski war ein dominanter Mann gewesen – hatte er diese starke Frau gebraucht? Waren während der Ehe zwei extreme Charaktere aufeinandergestoßen oder hatte sie von ihm gelernt oder umgekehrt – Susanne hätte gerne die Antwort auf diese Fragen gefunden. Von ihren Gefühlen ließ sich Mirja Rigalski nichts anmerken, sie war weder in Trauer aufgelöst noch kühl, ein Hauch von Melancholie umwehte sie wie ein teures Parfüm und ließ sie – selbst in den Augen von Susanne – noch attraktiver erscheinen als bei der letzten Begegnung.

Nur Matthias Vollbrecht schien von ihrer Ausstrahlung unbeeindruckt. Er hatte eine Liste mit wichtigen Daten des Verstorbenen zusammengestellt und bemühte sich, die einzelnen Ereignisse mit Susanne und der Familie durchzugehen. Es galt, noch mehrere Faktoren zu klären: Der Universitätspräsident würde sprechen, Professor Söderblöm hatte sich mit dem Hinweis auf einen dienstlichen Termin entschuldigen lassen. Seine Abwesenheit wurde mit allgemeiner Erleichterung zur Kenntnis genommen. Alle wussten schließlich um das gespannte Verhältnis des Verstorbenen zu Söderblöm.

Es blieb die Frage der Musik. Auf Vorschlag von Mirja Rigalski einigte man sich schließlich auf ein Kammerensemble des philharmonischen Orchesters, das Beethoven spielen würde. Neben Jazz, den Mirja Rigalski als nicht passend für eine Trauerfeier erklärte, sei Beethoven die erklärte Lieblingsmusik des Verstorbenen gewesen.

Susanne war es recht, sie hätte auch Jazz stilvoll gefunden. Hauptsache keinen Andrea Bocelli, das musste sie oft genug auf dem Friedhof ertragen und konnte es schon nicht mehr hören. Gegen alles Schmalzige war sie ziemlich immun, einmal abgesehen von Gänseschmalz auf frischem Bauernbrot zu einem fruchtigen Riesling, da konnte sie nicht widerstehen. Ihr lief das Wasser im Munde zusammen! Jetzt mit Arne in der kleinen Straußwirtschaft in Nackenheim, die sie bei einem Fahrradausflug gemeinsam entdeckt hatten, das wär's! Zum zweiten Mal an diesem Nachmittag hatte sie einen kurzen Anflug von Schuldgefühl. Mitten in einem Trauergespräch an Wein, Gänseschmalz, frisches Brot und den Liebsten zu denken ... Zumal die Kombination von Gänseschmalz und Riesling verhängnisvolle Auswirkungen auf ihre Speckpölsterchen hatte. Auf der anderen Seite: Hieß es nicht im biblischen Buch des Predigers, Kapitel drei: „ein Mensch, der da isst und trinkt und hat guten Mut bei all seinen Mühen, das ist eine Gabe Gottes!"

Matthias Vollbrecht schaute Susanne Hertz überrascht an. „Genau, das ist der Beerdigungsspruch für Johannes, das passt!", sagte er. In seltener Einigkeit nickten alle Anwesenden, sogar Nora und Caroline.

Meine Güte, ich habe laut gedacht, merkte Susanne, während sie krampfhaft versuchte, entspannt zu lächeln – kein leichtes Unterfangen. Immerhin, niemand hatte etwas gemerkt. Besser noch: Alle waren offensichtlich begeistert von dem Bibelwort. Weniger schön war, dass sie, ohne es zu wollen, laut gesprochen hatte, glücklicherweise nur den Bibelspruch, sie wollte gar nicht daran denken, was Familie Rigalski und Professor Vollbrecht zu ihren Gänseschmalz-

Überlegungen gesagt hätten. Ich bin urlaubsreif, stellte sie selbstkritisch fest, oder ich werde alt. Oder beides.

Susanne fasste den Entschluss, bei nächster Gelegenheit mit Arne für mindestens eine Woche auszuspannen – warum nicht in Ägypten. Tanja hatte da bestimmt gute Tipps parat, wenn sie zurück war. Bis dahin aber musste sie zusehen, ohne peinliche Lautdenkerei Professor Rigalski unter die Erde zu bringen.

„Ich freue mich, dass dieses schöne Bibelwort Ihnen allen zusagt. Es zählt zu meinen Lieblingsworten." Und das war nun wirklich nicht gelogen.

Abends erzählte sie Arne von der Gänseschmalz-Episode und den beiden streitenden Rigalski-Töchtern. Arne lachte und fasste den spontanen Entschluss, mit Susanne zu dem kleinen Lokal zu fahren, das dankenswerterweise auch mittwochs geöffnet hatte. Bei (natürlich!) Gänseschmalz mit frischem Bauernbrot und einem Glas Riesling ließen die beiden ihren Tag ausklingen. Arne erzählte, dass im Zollhafen der Umzug der Container in die Ingelheimer Aue fast abgeschlossen sei. „Wenn ich daran denke, dass du vor drei Jahren im Zollhafen fast ermordet worden wärst – ich bin so froh, dass wir zwei leben und es uns heute Abend gut gehen lassen können."

Susanne musste nicht fahren, sie genehmigte sich noch ein zweites Glas und schaute Arne verliebt an. „Wenn wir beide mal Kinder haben sollten, dann bitte gib dir Mühe, dass sie nicht wie Nora und Caroline Rigalski werden."

„Versprochen", sagte Arne automatisch, um dann etwas hektisch anzufügen: „Du bist doch nicht schwanger, oder?"

Susanne entschied, dass sie sich von dieser typisch männlichen Nachwuchspanik nicht die romantische Stimmung verderben lassen wollte, obwohl ihr etwas mehr Begeisterung für den gemeinsamen Nestbau schon gut getan hätte. Aber Arne war offenbar durch ihre Bemerkung weniger in private als in berufliche Bahnen gelangt.

„Du hast gesagt, dass Nora aussah, als ob sie am Abend zuvor viel getrunken hätte. Meinst du, dass das bei ihr häufiger vorkommt?"

Susanne seufzte. Sie hätte andere Themen vorgezogen, aber sie war im Grunde selbst schuld. Wer hatte denn das Thema Rigalski angeschnitten! „Kann schon sein, ihre Haut jedenfalls sieht ungesund aus, wahrscheinlich raucht sie auch wie ein Schlot."

Arne überlegte. „Nach wie vor kommt mir der Fall Rigalski merkwürdig vor. Eigentlich müsste ich alle Verdächtigen befragen und ich finde, Nora Rigalski ist eine veritable Verdächtige, schließlich profitiert sie finanziell vom Tod ihres Vaters und ist suchtgefährdet, eventuell sogar richtig abhängig. Wer weiß schon, was für Interessen sie oder die Leute haben, mit denen sie zusammensteckt. Doch ich kann niemanden vernehmen, solange ich dazu keinen Auftrag habe. Offiziell sind wir bei Rigalski nicht mehr im Geschäft, es sei denn, ich finde noch was, oder …", Arne lachte, „Tanja entdeckt das Geheimnis der Pharaonen."

„Dürft ihr nicht einfach so Leute befragen?"

Arne schüttelte den Kopf. „Natürlich nicht, da brauchen wir schon einen Anlass. Wir leben schließlich in einem Rechtsstaat."

„Wann kommt Tanja denn zurück?"

„In vier Tagen, am 2. Januar. Aber was hilft das?"

„Wolfgang könnte doch in Ägypten was gehört haben. Ihm ist alles zuzutrauen, weißt du doch."

„Stimmt."

Donnerstag, 30. Dezember 2010

Losung: Wendet euch zu mir, so werdet ihr gerettet, aller Welt Enden: denn ich bin Gott und sonst keiner mehr. (Jesaja 45, 22)
Lehrtext: Legt ab alle Unsauberkeit und alle Bosheit und nehmt das Wort an mit Sanftmut, das in euch gepflanzt ist und Kraft hat, eure Seelen selig zu machen. (Jakobus 1, 21)

„Was liest du denn da?" Arne schaute interessiert auf Susannes Frühstückslektüre. „Das Deutsche Ärzteblatt? Wo hast du das denn her?"

Susanne schaute zufrieden auf ihren Liebsten. „Tja, ich bilde mich, um dir bei deinen Fällen weiterzuhelfen. Stichwort: Klinische Forschung. Das habe ich mir gestern in der Unibibliothek kopiert. Ein Artikel über Fälschungen bei Pharma-Studien aus dem Deutschen Ärzteblatt."

„Und was sagt das Deutsche Ärzteblatt? Wusste gar nicht, dass es so was gibt."

„Klar, es gibt das Deutsche Ärzteblatt, es gibt ja auch das Deutsche Pfarrerblatt. Jedenfalls schreibt das Deutsche Ärzteblatt über einen bekannten Anästhesisten aus den USA, es ging da um Schmerztherapie. Dieser Mann war lange ein Shootingstar der Medizin-Szene."

„Und was hat den Stern zur Sternschnuppe werden lassen?"

„Dieser Mann hat nicht Forschungsergebnisse abgeschrieben oder verfälscht, so was scheint ja selbst in höchsten Kreisen üblich zu sein – er hat sie komplett erfunden! Der Hammer! Und nicht nur eine Untersuchung – der hat über Jahre lang Forschungen phantasiert. Eine Art Baron Münchhausen der Medizinforschung."

Arne kicherte. „Tja, die Barone ... und wie ist alles aufgeflogen?"

Susanne berichtete: „Eigentlich Zufall, eine Routineüberprüfung, bei der herauskam, dass er für zwei Studien keine Genehmigung hatte. Ganz schön peinlich, besonders für die Medizinjournale, die seine Ergebnisse veröffentlicht haben, noch peinlicher für die Wissenschaftler, die seine Forschungen angeblich überprüft hatten."

Arne grübelte. „Und was soll das einem armen Kriminalkommissar sagen?" Susanne hielt ihm den Artikel unter die Nase. „Lies ruhig selbst, das hat der nicht nur gemacht, damit sein Name mal gedruckt wird, da gings auch um sehr viel Geld, das Investoren dadurch verloren haben, dass sie diesen Studien vertraut haben. Von den Patienten, denen eventuell ein Schaden zugefügt wurde, noch ganz zu schweigen, in den USA stehen denen bestimmt Schadensersatzansprüche in Millionenhöhe zu. Der Artikel spricht übrigens von „grenzenloser Gier". Ja, und da frage ich den Kommissar: Was ist nach wie vor ein klassisches Mordmotiv?"

Arne überlegte. „Du hast recht, Gier ist ein Motiv, ein sehr gutes sogar. Wenn Tanja zurückkommt, müssen wir da dringend nachhaken."

Arne drückte Susanne einen dicken Kuss auf die Stirn. „Danke, mein Schatz, ich ernenne dich zur Ehrenkommissarin!"

Eigentlich hatte sich Arne mit Susanne zum Dank für ihren Einsatz auf ein romantisches Mittagessen in der Bastion Schönborn mit Blick auf das verschneite Mainz verabredet. Doch als der Kellner gerade den Stift zückte, um die Bestellung aufzunehmen, klingelte Arnes Handy. Zum dritten Mal innerhalb kurzer Zeit war die Sparkassen-Hauptstelle am Münsterplatz überfallen worden. Ein Sicherheitsdienst hatte zwar den Täter überwältigen können, aber die Kriminalpolizei musste dennoch zum Tatort. Bedauernd nahm Arne Susanne in den Arm. „Das Böse ist überall, leider auch in Mainz."

Susanne dachte an die bemitleidenswerten Bankangestellten, die nun schon zum dritten Mal in kurzer Zeit in die Mündung einer Waffe blicken mussten. Eine harte Bewährungsprobe für die Psyche. Dachten die Täter eigentlich daran, welchen seelischen Schaden sie für wenige Tausend Euro Beute anrichteten? Susanne verzichtete auf ein einsames Mahl und entschloss sich stattdessen, nach Mainz zurück den langen Weg über die Eisenbahnbrücke zu nehmen. Eifrige Jogger überholten sie und erinnerten sie daran, dass sie eigentlich geplant hatte, zwischen den Jahren täglich zu laufen. Es schien, als ob ihre guten Vorsätze noch vor der Jahreswende scheitern würden. Wie es wohl Tanja im fernen Ägypten ging und ihrem guten Vorsatz, endlich mit Wolfgang zu sprechen? Die Zeitung hatte heute Morgen von einem Babyboom in Deutschland gesprochen – ob Tanja dazu beitragen würde?

Susanne dachte an das Gespräch mit Arne am letzten Abend. Eigentlich schade, dass er beim Thema Nachwuchs nicht so richtig mitziehen wollte. Gerade eben konnte sie es sich sehr gut vorstellen, selbst zu dem prognostizierten Babyboom in Deutschland beizutragen, es wäre doch wundervoll, im nächsten Jahr mit einem kleinen Schreihals im Kinderwagen diese Strecke zu laufen, am liebsten im Doppelpack mit Tanja. Wenn Arne und sie sich ranhielten ... Susanne kniff sich in den Arm. Sie wusste genau, dass Arne mental schon auf dem Sprung weg aus Mainz war und ein Baby als Fessel und nicht als schöne Lebensbereicherung auffassen würde. Sicher, Kinder waren schon unter schwierigeren Umständen geboren und großgezogen worden – man denke nur an Maria und Josef – aber es gab sicher einen besseren Zeitpunkt zum Kinderkriegen als diese Phase der beruflichen Neuorientierung. Und wenn „es" einfach „passieren" würde? Susanne kniff sich erneut. Entweder passierte es tatsächlich, so wie bei Tanja und Wolfgang und man sah ja, dass das nicht unbedingt zu Freudentaumeln führte, oder es war Betrug am Partner und sie wollte nun eines ganz bestimmt nicht: Arne betrügen.

Susanne hielt ihr Gesicht in die Wintersonne und blinzelte in Richtung Mainz. Wer konnte wissen, ob sie im nächsten Winter noch diesen schönen Blick genießen oder schon in einem anderen Teil der Welt mit Arne zu Mittag essen würde. Falls der dann überhaupt Zeit für solche luxuriösen Vergnügungen hätte. Susanne merkte, dass sie gar nicht aus Mainz weg wollte. Von Arne wollte sie aber auch nicht weg. Eines von beiden würde sie wohl verlassen müssen – die Stadt oder den Mann. Sie seufzte. Es war so schön hier! Sie liebte den Rhein, wie sollte sie ohne diesen wunderbaren Fluss leben? Auf der Eisenbahnbrücke entdeckte sie viele Sicherheitsschlösser – eine neue Security-Maßnahme der Deutschen Bundesbahn? Neugierig schaute sich Susanne die Schlösser an. Auf jedem standen zwei Namen, offenbar eine neue Mode von Liebenden. „Verlorn ist das Schlusselin: Du mußt immer darinne sin", grub Susanne die Kenntnisse mittelhochdeutscher Minnelyrik aus den Tiefen ihrer Erinnerung. Wahrscheinlich, dachte Susanne, werfen die Pärchen die Schlüssel in den Rhein. Warum aber ketteten die Leute ihre Schlösser ausgerechnet an der Eisenbahnbrücke an? Damit die Liebe jeder Erschütterung standhalten möge? Und was machten die Leute, wenn es trotz aller Beschwörungstechnik schieflief? Kamen sie dann mit dem Bolzenschneider auf die Brücke? Oder mit einem Stift, um die Namenszüge auszulöschen oder zu ergänzen? Susanne entschied, dass die Liebe zu Arne ohne Schloss an der Weisenauer Brücke auskommen musste. Ob Arne inzwischen schon die Bankraub-Sache geklärt hatte? So schnell ging das bestimmt nicht. Der Arme, er hatte solchen Hunger gehabt. Susanne überlegte, ihm heute Abend ein Überraschungsmenü zuzubereiten.

Das war, wie sich später herausstellte, eine sehr gute Idee, für die Arne sich zärtlich bedankte – zumindest ein gutes Training für spätere Nachwuchs-Planung. „Würdest du für unsere Liebe ein Schloss an eine Eisenbahnbrücke ketten?", fragte Susanne ihn kurz vor dem Einschlafen.

„Nein", antwortete Arne entschieden. „Wer so viel mit geknackten Schlössern zu tun hat wie ich, der möchte kein Risiko eingehen."

Freitag, 31. Dezember 2010

Losung: Siehe, jetzt sprechen sie: Unsere Gebeine sind verdorrt, und unsere Hoffnung ist verloren, und es ist aus mit uns. Darum weissage und sprich zu ihnen: So spricht Gott der HERR: Siehe, ich will eure Gräber auftun und hole euch, mein Volk, aus euren Gräbern herauf. (Hesekiel 37, 11-12)
Lehrtext: Christus spricht: Ich lebe, und ihr sollt auch leben. (Johannes 14, 19)

„Was machen wir heute am letzten Abend des Jahres?", fragte Arne Susanne am Frühstückstisch. „Möchtest du ins KUZ oder ins Staatstheater, gelüstet es dich nach Disko oder soll ich versuchen, noch einen Platz im Hyatt oder im Schloss zu bekommen? Und wo willst du das Feuerwerk anschauen? Auf dem Kästrich oder auf der Theodor-Heuss-Brücke oder sollen wir mit einer Flasche Sekt nach Schloss Johannisberg fahren?"

„Noch mal langsam zum Mitschreiben", sagte Susanne beeindruckt. „Das war ja allein schon ein Feuerwerk an Programmpunkten. Also: Tanzen wär nett, auf Vier-Gänge-Menü habe ich heute keine Lust, das ist mir zu steif, außerdem, ich weiß auch nicht warum, klemmt mein Abendkleid am Bauch. Aber ich fände den Kästrich klasse. Meinst du, wir bekommen da eine Kombi hin? Mir reicht eine Curry-Wurst auf die Hand, aber der Sekt sollte ordentlich sein, ich glaube, wir haben noch zwei schöne Flaschen Winzersekt im Keller und meine Eltern haben beim letzten Besuch sogar einen Champagner mitgebracht, falls du das lieber magst."

Arne überlegte. „Ach, warum nicht? Wie lieblich prickelt uns die Blase der Witwe Cliquot in der Nase – frei nach

Wilhelm Busch. Hast du übrigens heute keinen Gottesdienst, fällt mir gerade ein?"

„Das fällt dir aber früh ein. Als Pfarrmann bist du noch ausbaufähig", frotzelte Susanne. „Nein, heute gibt es in der Christuskirche einen zentralen Silvestergottesdienst für alle Innenstadtgemeinden, morgen bin ich dran in St. Johannis, aber erst um 17 Uhr. Am Sonntag predigt Dr. Weimann, er hatte mal wieder Lust auf einen Gottesdienst und seine Frau hat's erlaubt. Was hältst du davon, wenn wir erst in den zentralen Gottesdienst in der Christuskirche gehen, der Bachchor singt, dann könnten wir ins KUZ und von dort laufen wir zum Kästrich."

Das klänge gut, befand Arne, und er müsse nur noch auf einen Sprung ins Polizeipräsidium, die Protokolle vom Banküberfall fertigstellen.

Doch mit den Protokollen wurde es nichts. Denn noch bevor Arne aus der Tür war, klingelte das Telefon und ein hysterischer Kantor Arzfeld brüllte etwas von einer Leiche in der Orgel in den Hörer. Susanne gab den Hörer sofort an Arne weiter.

„Beruhigen Sie sich, Herr Arzfeld, lassen Sie alles, wie es ist, wir kommen sofort. Ach ja: Fassen Sie bitte nichts an."

Susanne und Arne kamen fast zeitgleich mit der Spurensicherung an der St. Johanniskirche an. Kantor Arzfeld wartete an der Eingangstür und war dem Herzinfarkt nahe, Schweißperlen tropften von seiner Stirn, wirre Sprachfetzen entströmten seinem Mund.

„Jetzt reißen Sie sich gefälligst zusammen", blaffte Susanne ihren verstörten Mitarbeiter an. Zu ihrer Verblüffung riss sich Arzfeld sofort zusammen und entschuldigte sich. Susanne fragte sich verwundert, welcher Engel ihr die Eingebung eingeflüstert hatte, Arzfeld anzuschnauzen. Sicher kein dauerhaftes Mittel der Wahl, aber möglicherweise hätte sie es schon früher einmal einsetzen sollen. Jedenfalls war Arzfeld plötzlich in der Lage, zusammenhängende Sätze zu äußern.

„Ich wollte für den Gottesdienst morgen üben und habe mich gewundert, dass ein paar Töne nicht kamen, außerdem war da so ein merkwürdiger Geruch. Deshalb habe ich die Tür zur Orgel geöffnet, ja, und da sah ich sie. Tot. Richtig tot."

„Wen?", fragten Susanne und Arne wie aus einem Mund.

„Athina Sahler. In der Orgel. Ich habe keine Ahnung, wie sie da hineingekommen ist."

Susanne ließ Arzfeld in der Obhut des inzwischen herbeigeeilten Küsters zurück mit der Auflage, sich für Rückfragen zur Verfügung zu stellen.

Auf der Orgelempore bot sich ihnen in dem Orgelgehäuse ein grausiges Bild. Athina Sahler lag mit bläulich angelaufenem Gesicht inmitten unzähliger aus den Haltungen gerissener, verbogener und zerstörter Orgelpfeifen. Arzfeld hatte recht. Sie war tot, toter konnte kein Mensch aussehen. Und sie war nicht seit gestern tot. Der ekelerregende Geruch sprach für sich. Die Mitarbeiter der Spurensicherung hatten Gesichtsmasken auf, auch Arne und Susanne hielten sich Taschentücher vor den Mund. Die Ärztin war dieselbe, die auch Rigalski untersucht hatte. Misstrauisch beäugte sie Arne, bevor sie sich zur Leiche beugte und sie sorgfältig untersuchte. Susanne wandte sich ab. Sie hatte Athina nie leiden können, aber solch ein Ende gönnte sie keinem Menschen. Wie schrecklich der Tod die Leiblichkeit eines Menschen preisgab, wie furchtbar ein gewaltsamer Tod die Intimität zerstörte.

Arne spürte ihre Erschütterung und nahm sie in den Arm.

„Haben Sie einen Augenblick?", fragte die Ärztin freundlich. Arnes fürsorgliche Geste gegenüber Susanne schien sie versöhnlich zu stimmen.

„Die Frau ist seit mehr als drei Tagen tot. Todesursache unklar, ich konnte keine äußere Gewalteinwirkung feststellen. Einige ganz leichte Prellungen, die dürfte sie sich zugezogen haben, als sie gegen die hölzernen Orgelpfeifen stieß. Genaueres später."

Arne dankte ihr höflich. „Eine Frage noch – die Tote hat blutige Fingernägel, ist sie gequält worden?" Die Ärztin schüttelte den Kopf. „Das hat sie sich selbst zugefügt, sie hat sich die Finger blutig gebissen in ihrer Angst. Aber wenn man genauer hinschaut sieht man, dass die Nagelhaut schon vorgeschädigt war. Die Frau hat an ihren Nägeln gekaut und das regelmäßig, kaum ein Nagel reicht über die Mitte des Nagelbetts." Die Ärztin verabschiedete sich und ging.

Arne wandte sich an Susanne. „Ich muss noch einmal mit Arzfeld sprechen, wo ist das möglich?"

„In der Sakristei, ich schaffe euch Platz. Kann ich dabei sein?"

Arne stutzte. Eigentlich war das nicht üblich. Auf der anderen Seite konnte Susanne eventuell wichtige Informationen beisteuern. „Warum nicht. Wir nehmen noch Pia Stromberg zur Vernehmung hinzu."

Pia Stromberg war eine zurückhaltende, schmale junge Frau, die ihre schulterlangen, blonden Haare zu einem praktischen Pferdeschwanz gebunden hatte. Bisher war sie im Hintergrund geblieben, hatte während der Vernehmung protokolliert und das Fragen überwiegend Arne überlassen.

Arzfeld hatte sich gefangen und erzählte, was er wusste.

An diesem Morgen wollte er üben und hatte Schwierigkeiten mit den Tönen. Ja, das Orgelgehäuse war abgeschlossen, wie immer, der Schlüssel steckte außen, ebenfalls wie immer. Als er aufschloss, lag Athina Sahler tot mitten zwischen den Pfeifen.

„Wann haben Sie Frau Sahler zuletzt gesehen?", fragte Arne.

„Nach der Probe am Montag, wir hatten Probe, weil ja morgen der Chor singt, das heißt, singen sollte ..." Hilflos schaute Arzfeld zu Susanne. „Was machen wir denn jetzt? Wir können doch nicht singen, was ist, wenn sie ermordet wurde? Und außerdem, die Orgel, da muss ein Fachmann ran, ich hoffe, das lässt sich machen. Meine Orgel – wie ein Grab ..." Arzfeld hatte Tränen in den Augen, Susanne wusste nicht, ob aus Schmerz über seine zerstörte Orgel oder aus Trauer über ein verstorbenes Chormitglied.

„Die Ärztin meint, sie könne keine äußere Gewalteinwirkung feststellen, dann ist sie sicher nicht ermordet worden", versuchte sie Arzfeld zu trösten und ignorierte Arnes strafenden Blick. Auch Pia schaute sie mit schmalen Augen an. „Stimmt", dachte sie schuldbewusst, sie hätte diese Information besser für sich behalten sollen.

„Aber irgendwer hat sie doch in der Orgel eingeschlossen", wandte Arzfeld ein. „Das war bestimmt keine freundliche Aktion!"

Damit hatte er sicher recht. „Steckt der Schlüssel denn immer außen am Orgelgehäuse?"

Arzfeld nickte. „Ja, leider. Sonst wäre das ja nicht passiert. Obwohl eigentlich logisch, wer möchte sich schon in der Orgel einschließen?" Arzfeld zog ein Taschentuch heraus und wischte sich die schweißnasse Stirn ab. „Wer macht denn so was?"

Arne zuckte mit den Schultern. Das wüsste er auch gerne.

„Wann konnte Frau Sahler denn in die Kirche und zur Orgel kommen? Zwischen den Jahren ist doch die Kirche gar nicht offen?", fragte Susanne.

Arzfeld blickte schuldbewusst. „Wir hatten doch Probe, am Montag, und danach habe ich den Kirchenschlüssel nicht gleich gefunden und hatte es eilig. Ich dachte, ich schließe später zu, merkt doch keiner, dass die Tür offen ist. Wir sind mit dem Chor dann alle noch in den „Flehlappen" auf einen Wein, das hat gedauert, und als ich dann nach Hause bin, war die Tür zu. Der Küster hat abgeschlossen, hab ich jedenfalls gedacht."

Arne wandte sich an den Küster, der an der Tür lehnte. „Haben Sie am Montagabend zugeschlossen?"

Der Küster schüttelte den Kopf. „Nein, da war ich bei meiner Tochter in Budenheim, die hatte Geburtstag, und als ich abends zurückkam, waren alle Türen geschlossen. Ich überprüf das routinemäßig."

Arne überlegte. „Wer hat denn einen Schlüssel zur St. Johanniskirche?", fragte er.

Alle machten betretene Gesichter. „Das ist ein Problem", gab Susanne zu. „Das weiß keiner so genau, weil, die Erwachsenenbildung ist bei uns im Haus, die Stadtkirchenarbeit, alle Gruppen und Kreise, ganz zu schweigen von den Mitarbeitern, die wir im Lauf der letzten fünfzig Jahre hatten und die alle einen Schlüssel besaßen, ach ja, dann die Aushilfsorganisten und die Orgelschüler, der Kirchenvorstand …"

„Und die Pfarrerin", ergänzte Arne.

„Ja, die auch", gab Susanne zu. „Ich fasse zusammen, dass halb Mainz einen Schlüssel zur St. Johanniskirche hat."

Alle nickten.

„Ja, leider!", sagte der Küster. „Außerdem: Den Schlüssel kann jeder nachmachen lassen, das ist ganz leicht."

Im Hintergrund war Getrampel zu hören, die Mitarbeiter des Bestattungsunternehmens trugen die sterblichen Überreste von Athina Sahler zur Kirche hinaus.

Dekanin wird sie nun nicht mehr werden, dachte Susanne und war zugleich ein wenig schuldbewusst, weil sie an alle bösen Worte dachte, die sie jemals über Athina geäußert hatte. Von bösen Gedanken ganz zu schweigen. War ein Mensch plötzlich gut und liebenswert, nur weil er tot war? Jemand musste sie so wenig geschätzt haben, dass er Athina Sahler in die Orgel einschloss. Allerdings: War das nicht ein recht riskantes Vorgehen für einen Mord?

„Wie ist wohl alles abgelaufen?", fragte Susanne laut. „War Frau Sahler mit in der Weinstube?"

Pia hatte ihren Stift gezückt.

Arzfeld nickte. Ja, sie war sicher mit dabei gewesen, obwohl, beschwören könnte er das nicht, bei einem so großen Chor hatte er natürlich nicht den Überblick darüber behalten, wer blieb, wer nur kurz auf der Toilette war oder wer schon den Heimweg angetreten hatte. Zumal alle im „Flehlappen" kräftig dem Weine zugesprochen hatten. Irgendwann war Athina Sahler nicht mehr da. Es würde sehr aufwendig sein, festzustellen, wer mit ihr gegangen war – wenn denn jemand mit ihr gegangen war. War ihr Mörder ein Chormitglied oder hatte er auf Frau Sahler gewartet? Hatte jemand sie unter irgendeinem Vorwand zur Orgel gelockt?

„Wir müssen alle Chormitglieder überprüfen, am besten machen wir das nach dem Gottesdienst morgen. Vorher werden wir es sowieso nicht schaffen, alle ins Präsidium zu bestellen. Pia, kannst du morgen auch da sein? Wir brauchen noch Verstärkung!" Zu Arzfeld gewandt sagte Arne: „Wir benötigen eine Liste mit allen Chormitgliedern."

Arzfeld war verwirrt. „Darf ich das denn, diese Liste rausgeben?", fragte er Susanne. „Und – soll denn der Gottesdienst überhaupt stattfinden?"

Susanne nickte. „Ja, die Liste können Sie rausgeben. Am besten ist sogar, sie lassen eine Telefonkette laufen, damit morgen wirklich alle da sind. Was den Gottesdienst angeht – ich meine, der sollte sogar unbedingt stattfinden, jedenfalls wenn die Spurensicherung bis dahin fertig ist?"

Arne nickte.

„Die große Orgel können wir sicher nicht nutzen, aber vielleicht bekommen Sie einen Kammerchor zusammen, schön wäre, wenn Sie aus Mozarts Requiem etwas raussuchen könnten, was der Chor singen kann. Und wenn das nicht klappt, haben wir ja noch die kleine Truhenorgel. Ich glaube, wir brauchen alle das Gebet, gerade wenn das Böse uns so nahe gekommen ist. Als Trost und Stärkung."

Arne überlegte. „Wer sind denn die nächsten Angehörigen von Frau Sahler? Weißt du das, Susanne? Ich muss sie ja informieren." Susanne überlegte. „Ich habe keine Ahnung – Kinder hat sie jedenfalls keine. Verheiratet ist sie nicht. Ich habe gehört, sie hätte einen Lebensgefährten, einen recht jungen." Susanne schluckte die Bemerkung herunter, dass sie nie verstanden hatte, was ein junger Kerl an Athina Sahler finden konnte. Schon wieder hatte sie ein schlechtes Gewissen. Es saß zu tief drin, dieses: De mortuis nihil nisi bene.

Die Spurensicherung verabschiedete sich mit unzähligen Spuren, die sie auf der Orgelempore gesammelt hatte – kein Wunder, ein ganzer Chor hatte da geprobt. Nur der Schlüssel zur Orgel schien abgewischt zu sein, er glänzte richtig, die Abdrücke auf dem Schlüssel waren sicher die von Kantor Arzfeld. Der hatte sich verabschiedet, um die Chormitglieder zu informieren. Der Küster war unterwegs, um einen Reinigungstrupp für die Orgelempore und das Gehäuse zu organisieren.

Pia, Arne und Susanne saßen noch einen Augenblick in dem kleinen italienischen Café am Leichhof zusammen.

„Willst du, dass ich den Fall übernehme, oder willst du auf Tanja warten, die kommt ja übermorgen zurück?", fragte Pia Stromberg.

Arne dachte nach und rührte in seiner Latte Macchiato. „Wir können nicht bis übermorgen warten, das geht auf keinen Fall. Vielleicht könnten wir beide die Wohnung von Athina Sahler anschauen, gemeinsam mit der Spurensicherung. Bis morgen kommt auf keinen Fall der Bericht der Rechtsmedizin."

Pia nickte.

„Wie ist das gelaufen?" Arne überlegte. „Jemand ist mit Athina Sahler in die Kirche gegangen und hat sie unter irgendeinem Vorwand in die Orgel gelockt. Sie muss mit nichts Bösem gerechnet haben, bekommt einen Schubs, hinter ihr schließt sich die Tür. Fertig. Sie hatte keine Chance, aus der Kammer zu kommen. Wahrscheinlich hat sie in ihrer Verzweiflung die Orgelpfeifen aus den Verankerungen gerissen und versucht, die Tür einzuschlagen – kein erfolgreiches Vorhaben bei Zinnpfeifen."

„Riskant", stellte Pia Stromberg fest, „hatte sie ein Handy?"

Arne schüttelte den Kopf. „Wir haben kein Handy bei ihr gefunden. Entweder hat sie kein Handy oder der Täter hat es ihr abgenommen oder sie hat es zu Hause vergessen."

„Was wäre gewesen, wenn sie überlebt hätte? Dann hätte sie doch die Person des Täters verraten können?", gab Susanne zu bedenken.

„Das spricht dafür, dass sie nicht wusste, wer auf sie bei der Orgel wartete", schloss Arne, „Vielleicht hat man ihr anonym ein Treffen auf der Empore vorgeschlagen. Sobald sie eingeschlossen war, gab es für den Mörder nur noch das Risiko, dass Athina Sahler entdeckt würde, solange sie noch lebte."

Pia nickte. Susanne erklärte: „Dieses Risiko war gering, denn es war klar, dass bis zum Silvestertag niemand kommen würde. Arzfeld hatte nach der Probe am Montag bis heute Urlaub. Alle Gruppen und Kreise finden zwischen den Jahren nicht statt ... Vier Tage sind eine lange Zeit in Dunkelheit und ohne Wasser."

Arne dachte nach. „Riskant war es schon, aber der Mörder hat vielleicht keine andere Chance gesehen. Möglicherweise hat er auch Athina Sahler die ganze Zeit beschattet und hat spontan eine Chance genutzt. Vielleicht hat er es einfach drauf ankommen lassen. Athina Sahler muss wohl noch am selben Abend oder am nächsten Tag gestorben sein – ein grausiger Tod, den wünsche ich keinem! Alleine, in der Dunkelheit, voller Angst."

„In der Tat", sagte Pia.

Susanne trank einen Schluck Cappuccino, auch um einen üblen Geschmack im Mund zu vertreiben. Sie hatte Athina Sahler wirklich nicht gemocht. Aber dieses Ende hatte sie nicht verdient.

„Wer hatte einen Grund, ihr einen solchen Tod zu wünschen?", fragte Arne Susanne. Die zuckte mit den Schultern. „Ich konnte sie nicht leiden, du weißt es, aber von Abneigung zum Mord ist es doch ein weiter Weg."

Pia schaute Susanne an.

„Nicht immer ist der Weg weit ..."

Arne warf einen Schein auf den Tisch. „Ihr seid eingeladen! Ich schlage vor, dass Pia und ich uns die Wohnung von Frau Sahler anschauen. Hoffentlich finden wir dort einen Hinweis auf ihren Freund. Den müssten wir dann informieren und mit ihm sprechen, allein schon wegen seines Alibis. Ja und dann ..."

„Prosit Neujahr!", meinte Pia.

Arne strich Susanne über die Wange: „Ich fürchte, heute wird es nichts mehr mit dem KUZ, aber für eine späte Currywurst und die Flasche Schampus auf dem Kästrich reicht es. Versprochen. Das neue Jahr soll für uns schließlich noch Besseres als Mord und Totschlag bereithalten. Wir leben und das ist auf jeden Fall ein Grund zum Feiern! Lass uns darauf trinken!"

Susanne meinte: „Wir lassen uns von unserem Beruf einfach nicht das Privatleben vermiesen! Apropos Beruf, ich muss noch dem Propst Bescheid sagen. Wenn eine Pfarrerin ermordet wurde, dann ist das bestimmt Chefsache. Wer weiß, was ich alles morgen in dem Gottesdienst beachten muss!"

Arne drückte Susanne kurz an sich, zu Pia gewandt meinte er: „Was uns beide betrifft: Schaun wir mal, was wir heute und morgen herausfinden. Und dann entscheiden wir, ob Tanja sich einklinkt oder ob wir beide den Fall weiterführen."

„Ja", sagte Pia.

„Dann sagen wir mal der Spurensicherung Bescheid. Wo hat Frau Sahler eigentlich gewohnt?"

Athina Sahler war in einer Drei-Zimmer-Eigentumswohnung in einer renommierten Wohnanlage gemeldet, mit Blick auf Mainz. „Das war mal eine Top-Adresse", meinte Pia Stromberg, „aber wenn du in die Immobilienanzeigen schaust, dann wunderst du dich, wie viele Wohnungen du hier kaufen kannst."

„Warum?", fragte Arne, der über Pias ungewöhnliche Gesprächigkeit verblüfft war. Sonst bekam sie doch kaum die Zähne auseinander. Pia wies auf das gesamte Ensemble. „Baujahr Ende der Achtzigerjahre, du kannst ja mal herausfinden, was die Standard-Bausünden dieser Zeit waren, und dir dann ausmalen, wie eine Immobilie aussieht, an der man seit mehr als zwanzig Jahren kaum etwas renoviert hat. Da gibt's den berühmten Investitionsstau. Jedenfalls ist das meine Vermutung. Ich bin nämlich auf der Suche nach einer Eigentumswohnung, aber die Gegend hier ist mir zu teuer. Ob Athina Sahler die Wohnung gehört hat?"

„Unwahrscheinlich, es sei denn, sie hatte reiche Eltern", meinte Arne. „Aber so wie Susanne sie mir geschildert hat, immer auf der Suche nach wichtigen Menschen, der Radfahrertyp, oben buckeln, unten treten, kein Mensch mit einem Gefühl für die eigene Bedeutung, jemand, der wichtig wirken will wegen wichtiger Kontakte: Also, mir scheint, die kam nicht aus einem wirklich guten Stall."

Pia nickte. „Hier gibt es natürlich einen Hausmeister, der hat der Spurensicherung schon aufgeschlossen."

Arne konnte sich nie daran gewöhnen, die Wohnung ermordeter Menschen zu durchsuchen. Es schien ihm, als ob die Wohnung um den Menschen trauere, zu dem sie gehört hatte. Jede Vase, jedes Kissen erzählte von seinem Besitzer und Arne berührte es immer besonders, wenn er Plüschtiere entdeckte, manche so alt, dass klar war, dass das Opfer sie schon als Kind geknuddelt hatte.

Athina Sahler besaß jedoch keine Plüschtiere. Was an ihrer Wohnung auffiel, war, dass sie wie aus einem Katalog von ‚Schöner Wohnen in der Stadt' kopiert wirkte. Allerdings eine ältere Nummer von Schöner Wohnen, der Chic der End-Neunziger entlarvte sich besonders im Design der Lampen und der Essecke, die mit ihren hochlehnigen Stühlen fast schon nostalgische Gefühle aufkommen ließ. Billig war alles nicht gewesen und offenbar ausgewählt in dem Bemühen, stets für Besuch gerüstet zu sein. Den persönlichen Geschmack ihrer Besitzerin zeigte die Wohnung nicht. Arne überlegte, dass das vielleicht gerade ihr Geschmack war: sich teuer anpassen, bloß nicht zeigen, wer sie wirklich war. Ob Athina Sahler das gewusst hatte? Ob sie gewusst hatte, wer sie wirklich war? Arne dachte an die bis aufs Blut abgekauten Fingernägel. Selbstbewusstsein sieht anders aus.

Viele Freunde waren nicht in diese Wohnung gekommen, Athina hatte zwar viele Menschen gekannt oder kennen wollen, aber die Schöner-Wohnung-Einrichtung hatte vergeblich auf zahlreiche Besucher gewartet. Zumindest hatte die Spurensicherung deshalb nicht viel Mühe. Auch der Schreibtisch war ordentlich und irgendwie unpersönlich, Arne dachte an Susannes Schreibtisch, der ständig überladen war mit Bibel, Nachschlagewerken, Gedichtbänden und Kommentaren, dazu frische Blumen und ihr geliebter Jasmintee. Ein kreatives Chaos.

Kreativ war hier nichts. Einige ungeöffnete Briefe lagen auf dem Schreibtisch. Das Postgeheimnis galt nicht mehr bei Mordverdacht, Arne öffnete ein Schreiben der Universität. Leise pfiff er durch die Zähne.

„Was hast du?", fragte Pia neugierig. Arne zeigte ihr das Schreiben. „Eine Arztrechnung, na und?" Arne deutete auf den Absender des Instituts. „Athina Sahler hat sich im Sexualwissenschaftlichen Institut behandeln lassen. Die Rechnung ist von Söderblöm unterschrieben und der spielt eine Rolle in einem Fall, der offiziell gar kein Fall mehr ist: Professor Rigalski wurde erfroren in seinem Garten aufgefunden. Rate mal, wo der gearbeitet hat!"

„Im Institut für Sexualwissenschaft", vermutete Pia.

„Sex Richtige, Sex mit x, im wahrsten Sinne des Wortes. Gut getippt, Pia. Jetzt müssen wir noch herausfinden, warum Athina Sahler bei Söderblöm war."

„Oder bei seinem Stellvertreter, die Rechnungen für Privatpatienten werden immer vom Direktor unterschrieben", erklärte Pia.

„Was du alles weißt!" Arne war beeindruckt. „Warum geht man eigentlich zum Sexualwissenschaftlichen Institut?"

Pia überlegte. „Weil man Schwierigkeiten damit hat, mit dem Sex meine ich."

Arne ergänzte: „Hat Susanne nicht erzählt, die Sahler hätte keine Kinder und jetzt einen jungen Freund? Wir sollten bei dem mal nachhaken. Vielleicht finden wir seinen Namen. Schließlich müssen wir ihm auch schonend beibringen, dass seine Freundin tot ist."

„Wenn er es nicht schon weiß!", meinte Pia.

„Warum?"

„Weil er vielleicht ihr Mörder ist."

Arne schüttelte sich. „Mir ist das heute viel zu viel Tod am letzten Tag des Jahres. ‚Ich lebe, und ihr sollt auch leben'."

Pia schaute fragend: „Wer hat das gesagt?"

„Jesus Christus", antwortete Arne, „ist der Lehrtext des Tages."

Pia fragte weiter: „Lehrtext? Was'n das?"

„Für jeden Tag gibt es einen Bibelspruch, über den man

nachdenken kann; findet man in den Losungsbüchlein. Hat mir Susanne gezeigt. Für heute: ‚Ich lebe, und ihr sollt auch leben'."

„Hat recht, dein Jesus."

Arne nickte. „Er hat meistens recht. Wir müssen noch das Schlafzimmer durchsuchen."

Auf dem Bett des Schlafzimmers lag ein Handy. „Das wird ihres sein, wahrscheinlich hat sie es vergessen, ihr Pech, sonst hätte sie Hilfe herbeirufen können. Aber wir müssen nachforschen, was für Nachrichten sich auf dem Handy finden." Arne übergab das Handy an die Spurensicherung. „Gebt ihr das dann bitte weiter an die Technik, die PIN muss geknackt werden."

„Ich glaube, das hier ist der junge Mann, nach dem wir suchen." Arne zog aus der Nachttischschublade das Foto eines etwa dreißigjährigen, etwas arrogant blickenden, dunkelhaarigen Mannes mit fliehendem Haaransatz und Goldkettchen. Tim Danner und eine Handynummer standen auf der Rückseite des Fotos. Arne blickte lange auf das Foto. „So richtig viel Glück im Leben hatte sie wirklich nicht", meinte er schließlich.

„Stimmt", sagte Pia.

Tim Danner war Immobilienmakler. Im Job trug er kein Goldkettchen, dafür hatte er sein leicht gelocktes Haar zurückgekegelt. Für ihn sprach, dass er über den Tod seiner Freundin tatsächlich schockiert schien. Arne und Pia hatten ihn in seinem Büro in der Kaiserstraße angetroffen. Eigentlich hatte Tim Danner noch einen Termin mit einem Kunden, doch er sah sich nach der schrecklichen Nachricht dazu nicht in der Lage. Der Kunde wurde vertröstet, Danner schloss den Laden für Laufkundschaft und lud Arne und

Pia ein, in der Besucherecke Platz zu nehmen. Arne und Pia versanken in schlecht nachgemachten Bauhaus-Ledersesseln im Chromgestell. „Sie waren der Lebensgefährte von Frau Athina Sahler?", stellte Pia fest.

„Lebensgefährte – so weit würde ich nicht gehen", korrigierte Danner.

„Wie würden Sie es denn nennen, Ihr Verhältnis?", erkundigte sich Arne, und nur wer ihn gut kannte, mochte hören, dass sein Ton leicht süffisant klang.

Danner fiel das nicht auf. Er suchte nach Worten. „Wie soll ich das sagen – wir waren uns sympathisch, manches macht zu zweit doch mehr Spaß, aber auf Dauer ... ja, wie soll ich sagen, da war mir Athina doch etwas zu ... alt, äh, reif, also ... einfach nicht auf Dauer passend. Immerhin fünfzehn Jahre älter. Da hatten wir eben unterschiedliche Horizonte. Zumal ..." Danner verstummte.

„Zumal?", hakte Pia nach.

„Nichts zumal", wehrte Danner ab und errötete.

„Sie wollten doch etwas ergänzen", beharrte Pia.

Danner wand sich. „Zumal – wie soll ich das sagen ..."

Er blickte hilfesuchend auf Arne. „Herr Danner, wir sind hier, weil man eine Frau ermordet hat. Alles, was damit zu tun haben könnte, müssen wir leider herausfinden, so unangenehm das auch sein mag", sagte Arne, „also!"

Danner druckste noch ein wenig, dann sagte er mit einem entschuldigenden Blick auf die gertenschlanke Pia: „Ich stehe nun mal auf Frauen, die etwas mehr Fülle haben. In der Regel", er stockte kurz und räusperte sich, „haben sie mehr Feuer als die Dünnen und sind ja auch ganz froh", wieder stockte er, „dass, dass sich jemand für sie interessiert. So war das auch bei Athina. Es war nicht wirklich schwer, sie zu erobern. Sie machte auch ganz willig mit, aber – wie soll ich das sagen – ihr fehlte das Feuer, die Lust. Ich hatte immer den Eindruck, sie schauspielert, ihr ist das egal, sie ging nicht richtig mit, wenn Sie verstehen, was ich meine." Danner schwieg entnervt.

„Manchmal liegt das an fehlender Technik – des Mannes", warf Pia trocken ein.

Danners Gesicht glühte. „Ich habe wirklich alles versucht!", empörte er sich. „Ich will jetzt nicht ins Detail gehen, aber andere fanden's toll und beschwert hat sich bisher keine, im Gegenteil. Nur bei Athina, also da lief es einfach nicht. Ehrlich gesagt, ich hatte mich schon entschieden, sie zu verlassen. Es machte einfach keinen Spaß. Ich glaube, sie hat das gemerkt und sich mächtig ins Zeug gelegt. Aber, im Gegensatz zum Film, Sie wissen schon, Harry und Sally, also: Ich finde, man merkt's, wenn es gespielt wird. Jedenfalls auf Dauer merkt man es."

Arne fühlte, dass ihm Athina Sahler inzwischen richtig leid tat. Sicher, sie war Zeit ihres Lebens niemand gewesen, den er sympathisch gefunden hatte, aber dieses Verhältnis zu Tim Danner hatte im Rückblick etwas ungeheuer Erniedrigendes. Schade, dass sie das nötig gehabt hatte. Arne konnte sich richtig vorstellen, wie verzweifelt Athina versucht hatte, diesen Mann zu halten, für den sie im Grunde zu alt und zu uninteressant im Bett war. Ein Verhältnis, das ihr den Spiegel vorhielt. In diesem Spiegel musste sie eine ganz andere Athina Sahler erkennen als die, die sie gerne sehen wollte. Was sie wohl an diesem Mann attraktiv gefunden hatte? Seine Männlichkeit, die bei ihr doch nicht wirklich viel auslöste? Arne dachte an die abgekauten Fingernägel und den blondierten Haarschopf, der im unbarmherzigen Licht der Scheinwerfer der Spurensicherung deutlich herausgewachsene graue Haaransätze gezeigt hatte.

„Wie haben Sie sich eigentlich kennengelernt?", fragte Arne.

„Auf dem Golfplatz", antwortete Danner, „mein Vater ist Vorsitzender des Golfclubs."

Arne dachte, dass Athina Sahler auch ein bisschen selbst verantwortlich für ihr Schicksal war. Ob sie tatsächlich gehofft hatte, durch Danner einen Zugang zu den oberen Zehntausend von Mainz zu finden?

„Haben Sie ein Alibi für die Zeit vom 27. Dezember abends bis zum 28. Dezember, sagen wir 12 Uhr mittags?", fragte Pia.

Danner strich sich über den gegelten Haarschopf. „Da muss ich nachschauen", sagte er und suchte in seinem Terminkalender. „Also, am 27. Dezember, da habe ich auf Athina gewartet, aber sie kam nicht, ich bin dann ein bisschen in Frankfurt unterwegs gewesen und spät nach Hause gekommen, es war nach eins. Am Dienstag bin ich wie üblich ab 10 Uhr hier im Geschäft gewesen. Einen Kundentermin hatte ich erst nachmittags um 15 Uhr."

„Haben Sie sich nicht gewundert, dass Athina nicht kam?", fragte Arne.

„Schon, aber ich wusste ja, dass sie mit den Chorleuten unterwegs war. Ehrlich gesagt habe ich sie auch nicht richtig vermisst. Wenn ich gewusst hätte, was ihr passiert ist …" Tim Danner verstummte. „Ich hab noch versucht, sie auf dem Handy zu erreichen, aber da ging sie nicht ran."

„Sie hatte es zu Hause vergessen", sagte Pia.

„So was könnte mir nie passieren", meinte Danner, „ohne mein iPhone gehe ich nicht aus dem Haus. Aber Athina war so, sie hat ständig ihr Handy vergessen, da war sie eben eine andere Generation."

Danner verstummte. Ihm wurde wohl klar, was er eben über die Verstorbene gesagt hatte.

„Haben Sie Zeugen für Ihren Frankfurt-Aufenthalt und für den Morgen hier im Geschäft?"

Danner schüttelte den Kopf. „In Frankfurt habe ich niemanden getroffen. Am nächsten Tag hatte ich ein paar Anrufe, aber – das ist bestimmt kein Alibi, denn die haben mich auf meinem iPhone erreicht und damit könnte ich ja überall gewesen sein."

Arne nahm diese Ehrlichkeit als Pluspunkt für Tim Danner. „Halten Sie sich zu unserer Verfügung", sagte Pia kühl.

„Sympathisch fand ich ihn nicht", sagte Arne, als sie wieder in ihrem Auto saßen.

„Mmh", antwortete Pia und das sagte auch schon alles. Arne fand, dass ihm die ruhige, kurz angebundene Art von Pia gut gefiel. Sie war eine wunderbare Ergänzung zu der impulsiven Tanja. Eigentlich wäre es schade, wenn Pia aus den Ermittlungen wieder abgezogen würde. „Könntest du dir vorstellen, mit mir an diesem Fall dran zu bleiben?", erkundigte er sich. „Ich kläre mal, ob wir das mit Tanja zusammen machen können, wenn sie wieder da ist, zumal wir ja jetzt eine Verbindung mit dem Noch-Nicht-Fall Rigalski konstruieren könnten."

Pia schaute Arne an. „Gerne." Sie lächelte. „Gibt es für heute noch was? Sonst sage ich mal: bis morgen bei den Chorleuten, nach dem Gottesdienst um 18 Uhr, und dir und deiner Pfarrerin einen guten Rutsch mit Currywurst und Schampus." Das war sehr viel Text für Pia gewesen. Arne lächelte zurück. „Dir auch ein gutes und gesegnetes neues Jahr."

Pia überlegte kurz, dann sagte sie: „Danke."

Jahreslosung: Lass dich nicht vom Bösen überwinden, sondern überwinde das Böse mit Gutem. (Römer 12, 21)

„Auf dich, mein Schatz!" Arne hatte die Sektflöten sorgfältig in Geschirrhandtücher gewickelt auf den Kästrich transportiert. Der Champagner war in der Kühlpackung gut temperiert geblieben. Champagner sollte man einfach nicht aus Plastikbechern schlürfen, was Stil war, sollte auch Stil bleiben. „Ein gutes, wunderbares, tolles, gesegnetes neues Jahr!"

„Lass dich nicht vom Bösen überwinden, sondern überwinde das Böse mit Gutem", antwortete Susanne, „das ist doch eine super Jahreslosung für Kriminalkommissare!"

„Noch besser für Verbrecher", fand Arne.

„Aber mit denen möchte ich nicht aufs neue Jahr anstoßen!", maulte Susanne. „Denk an die Erste Allgemeine Verunsicherung, die haben Mitte der Achtziger, als du noch im Kindergarten Backe Backe Kuchen gemacht hast, das bahnbrechende Lied „Ba, Ba, Banküberfall" gesungen. Rate mal was der Refrain war: „Das Böse ist immer und überall!"

Arne grinste. „Also ist das Böse auch hier, Frau Pfarrerin."

Susanne überlegte. „Stimmt, ich hab's grad gemerkt."

„Warum?"

„Weil du dir heimlich von dem Champagner nachgeschenkt hast, ohne mir was zu geben."

Arne blickte sie schuldbewusst an. „Ich mach's nicht wieder …"

„Denk an Paulus, lass dich nicht …"

„Mir fällt gerade jemand ein, von dem ich mich gerne überwinden lassen möchte."

„Echt? Mir auch!"

„Schau mal, das Feuerwerk!"

„Du willst dir doch nur schon wieder heimlich nachschenken!"

„Erwischt ... aber ich geb dir was ab."

Samstag, 1. Januar 2011

Losung: Besser ein Gericht Kraut mit Liebe als ein gemästeter Ochse mit Hass. (Sprüche 15, 17)
Lesung: Lasst uns wahrhaftig sein in der Liebe und wachsen in allen Stücken zu dem hin, der das Haupt ist, Christus. (Epheser 4, 15)

„Die arme Athina liegt jetzt im Kühlhaus während wir gekühlten Sekt zum Frühstück trinken." Susanne kraulte nachdenklich Arnes Nacken.

„Trink nicht zu viel, du musst schließlich noch einen Gottesdienst halten, und das unter erschwerten Bedingungen." Susanne schüttelte den Kopf. „Mehr als ein Glas zum Frühstück vertrag ich gar nicht – und dieses Glas geht auch nur, weil ich heute nicht mehr arbeiten muss. Ich gehe zwar in den Gottesdienst, aber der Propst hat alles übernommen, er meinte, das wäre nun wirklich ein Kaliber zu groß für mich."

„Merkwürdige Metaphorik bei einem Mord – das mit dem Kaliber."

„Oder angemessen, je nach Blickwinkel. Der Gottesdienst wird übrigens wirklich anspruchsvoll, der Propst muss den Spagat zwischen würdigem Rückblick und Trauerbewältigung und den sowieso gemischten Gefühlen am Beginn eines neuen Jahres meistern. Und das vor einer Gemeinde, die aus Betroffenen, Neugierigen, Ängstlichen und Leuten zusammengesetzt ist, die gar nichts gehört haben und einfach nur einen Neujahrsgottesdienst feiern möchten. Ich erhebe mein Glas auf den Propst und freue mich, dass das alles sein Kaliber und nicht meines ist. Jedenfalls bin ich für heute ganz entspannt. Und dankbar auch. Was nutzt Athina jetzt ihr prominentes Netzwerk, an dem sie so mühevoll geknüpft hat?"

„Das bringt uns zum Nachdenken über das, was im Leben wirklich wichtig ist."

„Ein Glas Sekt, ein Häppchen geräucherter Lachs mit Sahnemeerrettich, dazu Croissants und du, mein Liebling. Eben die einfachen Dinge des Lebens."

„Ja, aber hätte das Athina nicht auch gerne gehabt, jemanden zum Liebhaben?"

„Bestimmt, aber ihr reichte die Liebe nicht, sie wollte mehr, einen Liebsten mit Goldbezug sozusagen. Und das ist gründlich danebengegangen. Eine Liebe mit Zusatzbedingungen ist irgendwie unwahrhaftig, das muss schiefgehen. Glaubst du eigentlich, dass ihr Freund sie ermordet hat?"

Arne schüttelte den Kopf. „Glaub ich nicht, wir müssen zwar sein Alibi überprüfen, das gehört dazu, aber ich denke nicht, dass er es war. Der hatte ja gar keinen Grund, es sei denn, Frau Sahler hätte ihn mit irgendetwas erpressen können, dunkle Geschäfte mit seiner Immobilienfirma, aber so wirkte der nicht. Mag sein, dass sein Geschäft nicht hundertprozentig sauber ist, aber wie ein Mafioso sieht er nicht aus."

„Wie sehen denn Mafiosi aus, Süßer?"

„Na, sizilianisch, mit Anzug und Krawatte und zerlegbarer Maschinenpistole."

„Ach so."

„Frag mich einfach. Ich kenn mich aus."

Nach dem Frühstück verabschiedete sich Arne ins Büro, die Akten über den Banküberfall mussten noch fertiggestellt werden. Erschüttert hörte Susanne im Radio die Nachricht vom Anschlag auf eine koptische Gemeinde in Alexandria,

21 Tote, 79 Verletzte. Ein Selbstmordattentäter hatte sich in der Kirche in die Luft gesprengt und Menschen, die gerade friedlich miteinander gebetet und gesungen hatten, in den Tod gerissen. Susanne dachte an Tanja und Wolfgang – waren die beiden von den Ereignissen mit betroffen, am Ende gar in diesem Gottesdienst gewesen? Susanne versuchte, Tanja anzurufen, vergeblich.

Sie tröstete sich damit, dass sie bestimmt schon gehört hätte, wenn ihrer Freundin oder Wolfgang etwas passiert wäre, und entschloss sich, Professor Urs Bernhardt anzurufen, um ihm ein gutes neues Jahr zu wünschen. Wer könnte besser mit ihr über Gut und Böse nachdenken als der quicklebendige und sprühend intelligente Münsteraner Hochschullehrer, der ihr einmal sogar das Leben gerettet hatte. Sie erreichte ihn auch gleich, Urs war zu Hause. Allerdings war er erst kaum zu verstehen, es klang so, als ob ein Heldentenor direkt neben Urs Bernhardts Telefonhörer seine Arie schmettern würde. Susanne brüllte ihren Namen in den Hörer, es dauerte etwas, bis der Held leiser wurde. Etwas leiser. Dann endlich vernahm sie die fröhliche Stimme ihres ehemaligen Dozenten, untermalt von Orchesterklängen.

„Wagner muss man einfach laut hören, das geht gar nicht anders", verkündete Urs fröhlich.

Susanne war dankbar, dass sie nicht in unmittelbarer Nachbarschaft ihres musikbegeisterten Lehrers wohnte. Ob seine Nachbarn wohl die Ansicht teilten, dass man Wagner nur in dieser Lautstärke hören konnte? Zumal zu befürchten war, dass Urs das auch mit anderen Komponisten so hielt. „Sammeln Ihre Nachbarn schon für Kopfhörer?", erkundigte sie sich.

„Nein, wieso?", fragte Urs ehrlich verblüfft.

„War nur so eine Idee. Ich wünsche Ihnen jedenfalls ein gutes und gesegnetes neues Jahr!"

Urs Bernhardt bedankte sich herzlich für ihre guten Wünsche. „Und wie sieht es bei Ihnen aus, wieder mal mitten in einer Mordermittlung?"

Susanne musste kleinlaut gestehen, dass tatsächlich ein Mord geschehen war, diesmal mitten in ihrer schönen St. Johanniskirche und das noch in der Orgel.

„Jaja, die Königin der Instrumente ist wahrlich ein tödlich gutes Instrument", antwortete Urs Bernhardt fröhlich. „Wussten Sie, dass man einen Menschen umbringen kann, wenn man alle Register einer großen Orgel zieht und er ungeschützt dem Vollklang ausgesetzt ist? So gesehen lauert in jeder größeren Kirche eine tödliche Gefahr und jeder Organist ist ein potentieller Mörder, habe ich übrigens schon immer vermutet!" Urs kicherte. „War denn bei Ihnen der Organist der Mörder?", erkundigte er sich beschwingt.

„Kann ich mir eigentlich nicht vorstellen", antwortete Susanne trocken, „zumal er den Verlust vieler Orgelpfeifen beklagt, die das Opfer im Todeskampf zerstört hat."

„Das spricht gegen den Organisten als Täter, sie lieben ihre Instrumente, diese Organisten, ich weiß es genau, war mal eine Zeit lang mit einer Organistin verlobt, aber auf die Dauer ging das nicht. Die Orgel oder ich, ich habe sie vor die Wahl gestellt und sie hat sich für die Orgel entschieden. Richten Sie Ihrem Polizistenfreund aus, dass er den Organisten von der Liste der Verdächtigen streichen kann."

Susanne versprach, Arne entsprechend zu informieren. „Irgendwie bedrückt es mich, dass ich immer wieder mit Verbrechen zu tun habe, in meinem privaten Umfeld und in der weiten Welt, gerade habe ich von diesem furchtbaren Anschlag auf die Christen in Alexandria gehört", klagte sie

Urs Bernhard ihr Leid. „Das ist so, als ob mir das Böse auf die Pelle rückt, richtig fies bedrohlich finde ich das. Hilft mir da die Jahreslosung? ‚Lass dich nicht vom Bösen überwinden, sondern überwinde das Böse mit Gutem.' Das würde ich ja gerne tun, das Böse mit Gutem überwinden. Aber wie soll das gehen?"

Urs Bernhardt überlegte, im Hintergrund gab Siegfried gerade wieder alles. Dem armen Drachen Fafner wurde das Schwert Nothung ins Herz gestoßen. Urs musste die Stimme erheben: „Das Böse mit Gutem überwinden bedeutet letztlich, dass man jede Art von Eskalation unterbindet. Damit verwirklicht man das Gebot der Feindesliebe. Im Grunde möchte man ja dem Bösen selbst gern eins über die Rübe geben, aber gerade so eskaliert Gewalt. Jesus ist auf diese wahnsinnig tolle Idee gekommen, dem Bösen nicht durch Rache oder Vergeltung, sondern mit Liebe zu begegnen."

Urs kicherte. „Paulus, der alte Schlawiner, hat allerdings auch gesagt, dass man durch Feindesliebe glühende Kohlen auf das Haupt des Feindes häufelt. Mit diesem Bild im Hinterkopf macht Feindesliebe richtig Spaß, finden Sie nicht auch?"

Susanne war noch nicht so richtig überzeugt. „Gibt es denn gar keine andere Methode, das Böse zu überwinden als ausgerechnet Feindesliebe? Reicht es nicht, einfach das Gute zu tun?"

Urs kam in Fahrt. „Ach, und woher wissen Sie, was gut ist, liebe Frau Hertz? Denken Sie mal an die Anfänge der Bibel. Der ganze Schlamassel mit der Vertreibung aus dem Paradies passiert, weil der Mensch wissen will, was gut ist. Und so ist das bis heute. Die Leute, die sich in all den Bürgerkriegen und Konflikten der Welt gegenseitig abknallen, meinen jeweils, sie hätten das Gute und Richtige auf ihrer

Seite. Das meinte sicher auch der Selbstmordattentäter in der koptischen Kirche!"

Susanne musste zustimmen.

„Deshalb", fuhr Urs Bernhardt fort, „gibt es nur eine Möglichkeit: Die Rache ist mein, spricht der Herr. Die Vergeltung, die ich gerne ausüben will, lege ich in die Hände Gottes. Damit maße ich mir nicht die Gerechtigkeit an, auch nicht die Rache und Vergeltung."

Im Hintergrund erklang das berühmte Fluchmotiv aus Wagners Ring. „Das klingt ja ganz gut, aber das funktioniert doch nicht!", gab Susanne zu bedenken.

„Stimmt", meinte Urs fröhlich. „Wenn ich verzichte zu vergelten, bin ich meistens der Gearschte, jedenfalls nach weltlichen Maßstäben." Offenbar hatte Urs Bernhardt sich entschieden, das neue Jahr mit bodenständiger Sprachgewalt zu begrüßen, möglicherweise hatte er in letzter Zeit zu viel Luther gelesen, so was färbte ab. Urs fuhr entschieden fort: „Aber unter uns Theologen: Nach weltlichen Maßstäben sind wir Christen doch sowieso meistens die Gearschten."

Susanne musste schlucken. „Also glauben wir an ein verrücktes System?" Urs widersprach. „Keineswegs. Jesus hat die phantastische Vision eines Friedensreichs, in dem jeder sein Recht durchsetzt, indem er nicht auf seinem Recht besteht. Ich finde das unwiderstehlich gut."

„Aber wenn's doch in der Realität nicht funktioniert?", gab Susanne zu bedenken.

„Das zeigt wieder, dass wir Sünder sind", triumphierte Urs. „Klar, in der Realität geht das nicht. Aber: Scheiß auf die Realität. Wer will schon Realität? Sie etwa?" Darauf fiel Susanne so spontan nichts mehr ein. „Liebe Frau Hertz, ich würge Sie ja ungern ab, zumal Sie sowieso immer so viel mit Morden zu tun haben, haha, aber diese Stelle kann ich auf

KEINEN Fall verpassen, Mime will gerade Siegfried umbringen, eine Live-Übertragung aus der New Yorker MET, Sie verstehen, in diesem Sinne: ein gutes neues Jahr auch Ihnen und viel Erfolg beim Überwinden des Bösen!"

Es klickte in der Leitung. Susanne war wie immer, wenn sie mit Urs Bernhardt telefoniert hatte, zugleich angeregt und etwas erschöpft, eine merkwürdige Mischung. Nachdenklich räumte sie das Frühstücksgeschirr in die Spülmaschine und zog sich für den Gottesdienst an. Wie froh sie darüber sein durfte, dass sie hier in Deutschland in Sicherheit und Frieden Gottesdienst feiern konnte. Jedenfalls: fast in Sicherheit und Frieden, wenn sie an Athina Sahler dachte. Arne würde mit Pia und einigen anderen Kollegen im Anschluss an den Gottesdienst den Chor befragen, das würde dauern. Arne hatte ihr angeboten, dass er in seiner eigenen Wohnung übernachten könnte, aber Susanne hatte das dringende Bedürfnis nach seiner Anwesenheit, gleichgültig, wie spät es werden würde. Arnes Anwesenheit tat ihr richtig gut, das war, so fand sie, schon ein großes Stück Überwindung des Bösen. Noch dazu ohne glühende Kohlen.

Der Propst hatte den Spagat würdig gemeistert und Susanne war auch im Nachhinein froh, dass er ihr diesen Gottesdienst abgenommen hatte. Wie zu erwarten war die St. Johanniskirche bis auf den letzten Platz besetzt gewesen. Susanne war berührt davon, dass es Gebeten und Liedern gelingen konnte, auch mitten in Leid und Gewalterfahrung Trost und Zuversicht zu spenden. Ihr hatte es gut getan, dass der Propst auch an die Opfer des Anschlags in Ägypten gedacht hatte. Der Chor hatte tapfer gesungen, leicht war es den Sängerinnen und Sängern gewiss nicht gewesen und

Susanne schossen bei den Klängen des Mozart-Requiems tatsächlich Tränen in die Augen.

Arne und Pia warteten mit einigen Kollegen schon am Ausgang der Kirche und Susanne zeigte ihnen die Räumlichkeiten, in denen die Befragung durchgeführt werden konnte. Dann verabschiedete sie sich vom Propst und ging nach Hause. Auf dem Leichhof waren noch viele Narren unterwegs, die Garden hatten am Tag die Kampagne eröffnet und einige Gardisten feierten das noch feucht-fröhlich in den Altstadt-Kneipen. Manchmal war Susanne über das vierfarbbunte Treiben in ihrem Wohnviertel nicht so begeistert, etwa dann, wenn betrunkene Narren in ihren Hauseingang pinkelten. Aber an diesem Abend taten ihr die fröhlichen Männer und Frauen richtig gut. Sie bewunderte die Gardisten, die trotz des eiskalten Wetters auf einen Mantel verzichtet hatten, und wickelte sich fest in ihren alten Lodenmantel ein, den sie vor vielen Jahren direkt in einer österreichischen Lodenwalkerei gekauft hatte. Sie hatte ihn damals günstig bekommen, vor allem deshalb, weil dieses leuchtende Pink nicht jedermanns Geschmack war. Der klassische Lodenmantel-Träger bevorzugte eher gedeckte Farben: Grau, Schwarz oder ein dunkles Jäger-Grün. Und selbst Hirsche mit Sehschwäche würden einen pinken Waidmann sofort entdecken. Ein Einzelstück für eine Messe, hatte ihr der Verkäufer damals erklärt, bedauerlicherweise sei es nicht zur Serienproduktion gekommen. Susanne war das gerade recht und so war der pinkfarbene Lodenmantel fester Bestandteil ihrer Garderobe geworden.

Leider konnten weder die Aussagen von Arzfeld noch die der Chormitglieder tatsächlich weiterhelfen.

Athina Sahler war am Montag bei der Probe gewesen, das

wussten alle, und sie war danach auch mit in den „Flehlappen" gekommen – das meinten jedenfalls die meisten. Aber keiner war mit ihr nach Hause gegangen und es erinnerte sich auch niemand daran, wer mit Athina Sahler gegangen war. An dem Abend herrschte im „Flehlappen" ein ständiges Kommen und Gehen, viele wollten vor der Tür eine Zigarette rauchen, andere waren auf dem Sprung nach Hause und wieder andere kamen verspätet, manche konnten nur kurz dabei sein, weil sie noch anderweitig verabredet waren. Die Choristen waren auch nicht die einzigen Gäste des „Flehlappens" gewesen, im Gegenteil! Einen Überblick zu gewinnen war daher schlicht unmöglich. Erschwerend kam hinzu, dass Athina Sahler erst kurze Zeit im Chor mitsang und sie niemand richtig kannte oder gerne kennenlernen wollte.

Die Sängerinnen und Sänger der Johanneskantorei hatten sich passend in Schwarz gekleidet, allerdings war das auch sonst ihre Dienstkleidung. Viele drucksten etwas herum, als sie zu ihrem persönlichen Verhältnis zu Athina Sahler befragt wurden. Petra Sonne, die wie Athina Sahler im Alt gesungen hatte, wollte ebenfalls nicht so richtig mit der Sprache heraus. Hilfesuchend sah sie ihren Mann Bernd an, aber der hüllte sich in Schweigen. „Sag doch du mal was!", bat sie ihn, doch Bernd schien in fernen Welten zu schweben. Unsanft knuffte ihn seine Gattin in die Seite. „Sag doch mal was zu Frau Sahler, Bernd!"

Bernd schaute unwillig. „Was soll ich sagen?"

„Na, wie du sie fandest."

Bernd ergriff beherzt seinen Notenordner. „Ich bin hier, um in Ruhe zu singen, sonst nichts", sagte er entschieden und verstummte wieder.

„Eben", griff seine Frau das Stichwort auf. „In Ruhe singen, das wollen wir doch alle. Und irgendwie ging das nicht mit Frau Sahler, nicht wahr Bernd?"

Keine Reaktion. Petra Sonne wartete einen Augenblick, ob ihr Mann nicht doch einen Satz beisteuern würde. Dann gab sie es auf. „Also, wir haben Frau Sahler nicht näher gekannt. Wir wollen in Ruhe singen. Ich hatte manchmal den Eindruck, dass ihr das mit dem Singen nicht so wichtig war. Sie wollte immer wahrgenommen werden, das machte es so ... unruhig. Zum Beispiel wollte sie Bernds Handynummer haben. Stellen Sie sich das mal vor, mit einer Ausrede, ich weiß gar nicht mehr welche. Jedenfalls – Bernd hat sie ihr natürlich nicht gegeben, aber das ist so ... aufdringlich irgendwie, das stört, jetzt sag doch auch mal was, Bernd."

Bernd Sonne schwieg.

Es stellte sich heraus, dass die meisten Sängerinnen und Sänger die Art, mit der Athina Sahler auf die Menschen zugegangen war, zu aufdringlich fanden. Veronika von Zobeltitz, eine attraktive Dame Mitte fünfzig im perfekt sitzenden Schneiderkostüm, suchte mit spitzen Lippen nach Vokabeln, mit denen sie die Verstorbene beschreiben konnte.

„Sie gehörte einfach nicht dazu", meinte sie nach einigem Überlegen. „Dabei – hier findet doch jeder einen Platz, der die Musik liebt und singen kann. So verschiedene Menschen sind bei uns, es eint sie die Liebe zur Musik!" Frau von Zobeltitz machte eine große Bewegung mit dem Arm, die alle Chormitglieder einzuschließen schien, und lächelte freundlich. „Frau Pfarrerin Sahler fand nicht in unsere schöne Runde. Obwohl: Sie konnte tatsächlich singen."

Frau von Zobeltitz' Gesichtszüge verdüsterten sich: „Warum musste sie uns das jetzt antun? So ein Mord passt nicht zu uns!" Sie schaute fragend auf eine junge Sängerin, die sich unvorteilhaft in ein schwarzes Strickkleid mit großen anthrazitfarbenen Blockstreifen gezwängt hatte, das ihr mindestens eine Kleidergröße zu eng war. „Was meinen Sie, meine Liebe?"

„Sie war schleimig", antwortete die junge Frau und Frau von Zobeltitz zuckte bei diesem Ausdruck leicht zusammen. „Echt, ich fand, sie war nicht aufrichtig, brachte Stress, spielte sich ständig in den Vordergrund."

Ihr Freund, ein junger Mann in schwarzem Anzug mit Fliege, stimmte ihr zu. „Auf Dauer hätte das noch richtig Ärger im Chor gegeben. Ich hatte den Eindruck, sie kommt um wichtige Leute kennenzulernen. Nicht wegen der Musik. Das hat mich gestört. Denn ich bin hier, weil ich singen will."

Seine Freundin nickte. „Ich finde es auch heftig, dass wir jetzt alle verhört werden, so, als ob wir Mörder wären!"

Frau von Zobeltitz schüttelte den Kopf. „Aber, das ist doch undenkbar, niemand glaubt das von uns, ganz bestimmt!"

Die junge Frau im Strickkleid schaute beleidigt. „Daran ist sie auch schuld, dass wir hier verhört werden."

Ihr Freund lenkte ein. „Jetzt ist sie tot, beruhig dich mal." Aber so richtig zufrieden wirkte seine Freundin nicht.

Auch Professor Vollbrecht und seine Frau Marianne konnten wenig zur Aufklärung beitragen. Vollbrecht war es an diesem Abend nicht gut gegangen.

„Du warst wieder überarbeitet!", sagte Marianne Vollbrecht vorwurfsvoll. „Du schonst dich ja nicht, bis dein Körper streikt. Typisch Mediziner, andere heilen und am eigenen Leib Raubbau betreiben." Vollbrecht wirkte leicht verärgert. „Liebes, ich habe mich doch hingelegt an diesem Abend! Was willst du denn noch? Ich bin gleich nach der Probe nach Hause gefahren."

„Es wäre schön, wenn du öfter so vernünftig wärst und

dir Ruhe gönntest", insistierte Marianne Vollbrecht sanft. „Auch die anderen haben gesagt, dass du müde gewirkt hast, stell dir das mal vor, sogar Arzfeld hat sich besorgt erkundigt, du weißt doch, wie sehr er deine Stimme braucht."

„Schon gut", winkte Vollbrecht ab. „Heute geht es nicht um meine Gesundheit, vielleicht kannst du das einsehen, sondern um eine Tote – um Frau Sahler."

Marianne Vollbrecht schaute betroffen, vor lauter Sorge um ihren Mann war das Thema Athina Sahler für sie völlig in den Hintergrund gedrängt worden.

„Gab es denn niemanden, der mit Frau Sahler befreundet war?", fragte Arne.

Alle Chormitglieder schauten sich fragend an.

„Wir haben sie gekannt", fasste Veronika von Zobeltitz zusammen. „Aber befreundet – da kenne ich niemanden."

Alle nickten zustimmend.

Es war schon nach 22 Uhr, als Arne und Pia die Befragungen des Chors beenden und sich mit den Kollegen auf ein Abschlussgespräch zusammensetzen konnten. Alle atmeten erst einmal tief durch. Keiner der Polizisten hatte mit der Besonderheit eines Chors gerechnet, der offenbar mehr war als eine Ansammlung von Sängern verschiedener Stimmlagen. Das Ganze ist mehr als die Summe der Einzelteile – so oder ähnlich hatte es einmal ein Trainer bei einer Fortbildung gesagt, die Arne besuchen musste. Damals tat er das als merkwürdiges Beraterlatein ab, heute Abend leuchtete ihm das ein. So ein Chor war offenbar wie ein Körper, dem man durch den Mord eine schwere Verletzung zugefügt hatte. Gleichzeitig gebärdeten sich viele der Sängerinnen und Sänger wie Diven, denen das böse Schicksal zusätzlich zu anderen Unbilden des Lebens nun auch noch einen Mord zugemutet hatte. Arne bewunderte im Stillen Kantor Arzfeld, dem es gelang, diesen Haufen Individualisten zu bändigen und zu einem Klangkörper zu formen. Arzfeld war zwar selbst eine ausgewachsene männliche Diva, aber seine Kantorei konnte zu Herzen gehend schön singen – und darauf kam es schließlich zuletzt an.

Im Chor war niemand mit Athina Sahler befreundet gewesen. Aber mangelnde Sympathie war noch kein Grund, jemanden umzubringen. Irgendwer musste Athina Sahler so wenig gemocht haben, dass er ihr einen einsamen Tod in der Orgel zugemutet hatte – doch wer? Arne war ratlos und auch Pia hatte keine zündende Idee, wie sie an diesem Abend die Ermittlungen weitertreiben konnten. Tanja und Wolfgang würden am nächsten Mittag in Frankfurt landen, Susanne sollte sie abholen. Arne und Pia verabredeten, dass sie mit Tanja am Nachmittag ein Treffen ausmachen würden.

„Ob Athina Sahler wohl gemerkt hat, dass sie eigentlich keine Freunde hatte?", fragte Arne.

Pia zuckte mit den Schultern.

Als Arne eine halbe Stunde später in Susannes Wohnung ankam, war er nur noch in der Lage, seiner Freundin einen Gute-Nacht-Kuss zu geben, dann fiel er ins Bett. Eine Stunde, nachdem der letzte Chorist die St. Johanniskirche verlassen hatte, schlief Arne tief und fest.

Sonntag, 2. Januar 2011

Losung: Alle Völker werden sich verwundern und entsetzen über all das Gute und über all das Heil, das ich Jerusalem geben will. (Jeremia 33,9)
Lehrtext: Da wir nun gerecht geworden sind durch den Glauben, haben wir Frieden mit Gott durch unsern Herrn Jesus Christus. (Römer 5,1)

Susanne lief wie ein Tiger im Käfig durch die Halle des Frankfurter Flughafens. Hin und her, her und hin. Das Flugzeug aus Alexandria hatte Verspätung. Sie hatte an diesem Tag auf den Gottesdienst mit ihrem ehemaligen Dekan verzichtet – wenn sie gewusst hätte, dass das Flugzeug zwei Stunden verspätet ankommen würde, hätte sie tatsächlich gerne mit Dr. Weimann den Gottesdienst in St. Johannis gefeiert. Wenn das Wörtchen wenn nicht wär ...

Endlich sah sie Tanja und Wolfgang durch die Tür kommen. Tanja legte den Zeigefinger auf die Lippen. Ein Schweigezeichen? Ob das hieß, dass sie Wolfgang immer noch nichts gesagt hatte? Nun, Susanne konnte schlecht fragen. Sie begrüßte beide herzlich, Wolfgangs Gesichtszüge wirkten hart, auch Tanja sah angespannt aus.

„Ihr habt die Nachrichten gehört?", fragte Wolfgang.

„Wenn du den Anschlag in Alexandria meinst – ja. Ich bin ganz schön erschüttert."

Wolfgang nickte. „Erschütterung ist das richtige Wort. Die ganze Gegend bebt. Es brodelt in der arabischen Welt, wir haben viel gehört und gesehen."

„Klingt nicht so, als ob ihr einen Erholungsurlaub hattet", meinte Susanne. Tanja zog einen Mundwinkel hoch. „Erholungsurlaub? Die könnten mir die letzten sechs Tage als

Dienstreise bezahlen, das wäre angemessen. Zumal wir auch in Sachen Rigalski einiges gehört haben. Aber jetzt brauch ich erst einmal eine vernünftige Dusche, und dann ..."

„Dann wirst du dich mit Arne und Pia Stromberg treffen. Die beiden warten nämlich mit der nächsten Leiche auf dich."

„Eine Leiche?"

Susanne schloss ihren alten Alfa auf. „Ja, Athina Sahler ist tot, Arzfeld hat sie in der Orgel gefunden. Irgendwer hat sie dort eingeschlossen und sie ist tot aufgefunden worden. Alles Nähere erzählen dir Arne und Pia heute Nachmittag."

Wolfgang Jacobi war nachdenklich: „In Ägypten werden in diesen Tagen unzählige Menschen ermordet und niemand verfolgt die Täter und hier kümmert sich die Polizei um einen Totschlag. Manchmal denke ich, wir wissen gar nicht, wie gut wir es hier haben."

Susanne überlegte. „Du hast recht und ich finde es gut, dass sich hier in Deutschland nicht jeder zum Herrn über Leben und Tod aufschwingen kann, gerade so, wie es ihm passt."

Wolfgang lachte bitter. „Du ahnst ja nicht, wie pervers das sein kann, da gibt es Leute, die von hier aus über Leben und Tod von Menschen in Ägypten bestimmen, und niemand zieht sie zur Verantwortung."

Susanne schaute fragend. „Du meinst die Politiker?"

Wolfgang schüttelte den Kopf. „Nein, viel zynischer, es sind einige Ärzte, die haben doch eigentlich einen Eid geschworen, oder? Aber wenn es um Geld geht, um viel Geld, da zählen Menschenleben nicht, auch nicht in der Medizin. Ich habe in Sachen Rigalski ein bisschen die Ohren aufgehalten, und was ich da herausgefunden habe, das ist ekelhaft. Offenbar geht es um eine große Sache, selbst Leute, die ich sehr gut kenne, wollten nicht richtig mit der Sprache raus. Was ich mir zusammenreimen kann ist Folgendes: Jemand hat eine Studie mit Frauen begonnen. Alle Frauen lebten in einem der ärmsten Viertel von Alexandria und ich bin mir sicher, dass nicht eine Einzige von ihnen lesen oder schreiben kann, wenn es hoch kommt, den eigenen Namen. Wahrscheinlich hat man ihnen trotzdem ein Papier vorgelegt, das sie über die Risiken dieser Studie aufklärt. Alle haben unterschrieben, ich behaupte einmal, sie hätten das auch getan, wenn sie um die Risiken der Studie gewusst hätten. Denn jede hat Geld bekommen, 500 Dollar, für uns ist das wenig, jedenfalls zu wenig, um die eigene Gesundheit dafür zu riskieren. Für diese Frauen ist das sehr viel Geld. Dafür nimmt man viel in Kauf. Zum Beispiel einen Herzinfarkt. Denn, hör dir das an, fast alle Frauen, die an dieser Studie teilgenommen haben, litten nach etwa sechs Monaten an Beschwerden. Was ihre Angehörigen schilderten, deutet auf Herzbeschwerden hin. Wer hat schon das Geld in den Armenvierteln von Alexandria, so was genau untersuchen, geschweige denn behandeln zu lassen. Außerdem hatten sie ja diesen Zettel unterschrieben. Einige wenige haben sich trotzdem beschwert."

Wolfgang verstummte.

„Was ist mit denen passiert?", fragte Susanne.

„Die hatten Unfälle, der Verkehr in Alexandria ist gefährlich, da kann es leicht zu einem tödlichen Autounfall kommen. Es hat sich dann niemand mehr beschwert."

Susanne merkte, dass ihr übel wurde. „Wer war das?"

Wolfgang verschränkte die Arme vor der Brust. „Das wüsste ich auch gerne, aber, wie gesagt, niemand spricht darüber, und dass ich überhaupt so viel erfahren habe, grenzt an ein Wunder. Merkwürdigerweise ist ein einziger Name gefallen, den du auch kennst. Johannes Rigalski. Er war im November in Alexandria und hat Leute besucht und befragt. Das kann ich nachweisen. Was er dabei herausgefunden hat, kann ich aber nicht beweisen. Ich bin mir sehr sicher, dass es um diese Studie ging. Aber noch nicht einmal das kann ich belegen."

Susanne überlegte. „Meinst du, er hatte mit der Studie zu tun?"

Wolfgang dachte nach. „Selbst das kann ich nicht ausschließen, wenn ich es auch für unwahrscheinlich halte. Jedenfalls bin ich jetzt fast hundertprozentig sicher, dass Johannes Rigalski nicht eines natürlichen Todes gestorben ist."

Tanja nickte. „Ich werde mit Arne alle Details noch einmal durchgehen und ich werde versuchen, eine Durchsuchungsgenehmigung für die Villa zu bekommen, notfalls spreche ich mit den Angehörigen, damit sie einer Durchsuchung zustimmen. Ich mag einfach nicht hinnehmen, dass ein Mord ungesühnt bleibt."

Susanne hatte gespannt zugehört, irgendwie hatte es der Alfa geschafft, fast selbstständig bis zum Mainzer Ring zu gelangen. „Wo soll ich euch hinbringen?", fragte sie.

„Fahr mich bitte zu mir, ich brauche eine Dusche, bevor ich Arne treffe", seufzte Tanja.

„Und du, Wolfgang?"

„Wenn es dir nichts ausmacht, bring mich bei mir vorbei, ich muss noch ein paar Sachen erledigen."

Susanne nahm die Abfahrt Richtung Innenstadt. Sie war sich inzwischen sicher, dass Tanja nichts erzählt hatte während der Tage in Ägypten. Nach allem, was Wolfgang in der Zusammenfassung erzählt hatte, konnte Susanne nachvollziehen, dass für so ein schwieriges Gespräch gar keine

Zeit geblieben war. Nun – viel Zeit hatte Tanja jedoch nicht mehr für ein offenes Wort.

Von rechts kam ein Sprinter, der Susannes Alfa nicht beachtete und direkt vor ihr auf die Spur einscherte. Susanne bremste abrupt ab, um einen Crash zu vermeiden, auf der nassen Fahrbahn kam der Alfa durch das Bremsmanöver ins Schleudern, der Wagen drehte sich. Susanne versuchte gegenzusteuern und verlor die Kontrolle über den Alfa; der Schneematsch am Rand der Fahrbahn war wie Schmierseife, die Räder fanden keinen Halt. Verzweifelt zog Susanne die Handbremse, der Alfa strudelte noch ein bisschen und kam dann direkt neben der Leitplanke gegen die Fahrtrichtung hin zum Stehen. Sie würgte den Motor ab. Es war wie ein Wunder, dass gerade keine Autos kamen.

Susanne schnappte nach Luft. „Was war das denn für ein Idiot!"

„Fahr sofort weiter", befahl Wolfgang scharf, „denk gar nichts, fahr, wir dürfen hier nicht stehen bleiben. Fahr zu!"

Susanne gehorchte und startete den Wagen. Wie üblich zickte der alte Alfa ein bisschen, sprang dann aber an. Susanne fuhr eine halsbrecherische Wende, ein LKW-Fahrer hupte empört. Niemand sagte etwas, bis sie vor der Wohnung von Tanja in der Lessingstraße angekommen waren. Susanne hielt den Wagen an und merkte, dass ihr übel wurde und ihr Schauer über den Körper liefen.

„Hast du das Kennzeichen gesehen?", fragte Tanja Wolfgang.

Der winkte ab. „Nein. Aber das ging auch gar nicht. Der Sprinter hatte ein völlig verdrecktes Nummernschild."

Susanne war sauer. „Den Typen hätte ich gerne angezeigt, der hat seinen Führerschein in der Lotterie gewonnen oder von Oma häkeln lassen!"

Wolfgang schüttelte den Kopf. „Ich kann es nicht beweisen, natürlich könnte es auch einfach ein rücksichtsloser Fahrer gewesen sein, aber ich schätze mal, das war kein Zufall."

Tanja pfiff leise. „Das wäre ..."

„Ein Mordversuch", bestätigte Wolfgang. „Es hat sich herumgesprochen, dass wir in Ägypten waren. Und jemand ist nervös geworden."

Susanne merkte, dass sie nach wie vor am ganzen Körper bebte. Wie hatte sie es überhaupt bis hierher in die Neustadt geschafft?

„Setz dich auf den Beifahrersitz, ich fahre dich nach Hause", bestimmte Wolfgang. „Ich nehme dann von dir aus ein Taxi. Heute wird auch nichts mehr passieren, du kannst ganz entspannt sein."

Susanne nickte. „Klar, ganz entspannt."

Wolfgang grinste. „Braves Mädchen. Gib mir den Autoschlüssel. Ich bringe Tanjas Gepäck nach oben, dann fahren wir zu dir."

Leider klappte es mit dem Entspannen nicht ganz so, wie es ihr Wolfgang gewünscht hatte. Susanne hatte einen Schock erlitten und der ließ sich durch reine Willensanstrengung nicht einfach wegzaubern. Da Arne wegen Dienstbesprechung mit Tanja und Pia nicht zur Verfügung stand, blieb Wolfgang nichts anderes übrig, als mit der zitternden Susanne das zu tun, was bei einem Psycho-Schock am besten ist: laufen, laufen und nochmals laufen. Wolfgang schnappte sich das verzagte Häufchen Susanne und die beiden absolvierten den Drei-Brücken-Lauf über Theodor-Heuss-Brücke, Main-Brücke bei Gustavsburg und Weisenauer Eisenbahnbrücke zweimal an diesem Nachmittag. Es war kalt, die Sonne schien nicht immer aus einem grau-bewölkten

Himmel, doch nach der ersten Runde ging es Susanne mit jedem Schritt ein bisschen besser.

Wolfgang lobte Susanne für ihre Fahrkünste, es war ein Glück, dass sie den Wagen in- und auswendig kannte, bei einem unbekannten Fahrzeug hätte sie nicht so souverän reagieren können. Susanne selbst konnte wenig Souveränes an ihrem Schleuderkurs entdecken, doch immerhin hatten Tanja, Wolfgang und sie und sogar der alte Alfa die Aktion überlebt.

Ansonsten hatte sie wenig Erfahrung im Überleben von Mordanschlägen. Der Einzige, der bisher auf sie geplant war, konnte dank Tanjas engagiertem Einsatz ja noch verhindert werden, bevor es richtig losgegangen war. Doch dieser Sprinter hatte sie massiv bedrängt und das war keine Einbildung. Es war allein dem späten Sonntagvormittag und dem entsprechend geringen Verkehrsaufkommen zu verdanken, dass nicht mehr passiert war. Susanne fragte Wolfgang, wie jemand auf die Idee zu diesem Anschlag kommen konnte. Wolfgang erklärte ihr, dass Susanne selbst kaum das Ziel des Anschlags gewesen war – das eigentliche Ziel waren sicherlich er selbst und Tanja gewesen. Ihre Gespräche in Ägypten waren durchgesickert und offenbar war da etwas richtig faul im Staate Mubaraks. Möglicherweise war der Sprinter auch eine Warnung, das wäre sogar die wahrscheinlichste Erklärung, denn ein Mordanschlag hätte auch effektiver ausgeführt werden können – eine Erläuterung, die Susanne verständlicherweise nicht unbedingt beruhigte.

Wolfgang selbst konnte die ganze Angelegenheit nicht aus der Ruhe bringen. Er hatte im Laufe seines Lebens brisantere Situationen überstanden und war nur froh, dass seiner Freundin und Susanne nichts passiert war. Susanne bewunderte Wolfgang wegen seiner Ruhe und war dankbar wegen des Freundschaftsdienstes, den er ihr mit dem langen Spaziergang erwies. Irgendwie war es unwirklich: Enten schwammen auf dem eiskalten Rheinwasser, Schiffe tuckerten langsam vorbei, der Dom war weiß bezuckert – ein Bild des Friedens. Es schien unfassbar, dass jemand in dieser Idylle Mordanschläge plante.

Wolfgang Jacobi hatte diese Stimmung auch wahrgenommen. „Glaub mir, wir können froh sein, dass wir hier leben und nicht in Tunesien oder Ägypten. Da tickt eine Zeitbombe, die Menschen sitzen auf einem Pulverfass."

Susanne fand diese Aussicht nicht direkt tröstlich, aber es war schon etwas Wahres dran: Mainz war im Prinzip eine friedliche Stadt, von dem Fahrer eines weißen Sprinters einmal abgesehen. Möglicherweise hatte sie sich ja auch alles eingebildet und Wolfgang und Tanja sahen Gespenster. Ihre Erfahrungen in Ägypten hatten womöglich ihre Einbildungskraft aufgeheizt, bestimmt war der Sprinter nur ein Rowdy von der üblen Sorte, die es – Gott sei es geklagt – auf Deutschlands Straßen leider auch gab. Wolfgang drückte fest ihre Hand und gab ihr ein Gefühl von Geborgenheit. Susanne wünschte sich von Herzen, dass es Tanja gelingen würde, die Beziehung zu diesem wunderbaren Mann zu retten. Er konnte schweigen, wenn es nötig war, sprach die richtigen Sätze, die gut taten und erklärten, was zu erklären war. Susanne fand, dass Tanja ein richtiger Schatz in die Hände gefallen war. Wieso konnte ihre Freundin nicht akzeptieren, dass dieser wundervolle Mann sie liebte?

Am späten Nachmittag brachte Wolfgang Susanne nach Hause, durchsuchte sorgfältig ihre Wohnung nach Spuren eines eventuellen Eindringlings, gab Entwarnung und brachte die erschöpfte Pfarrerin ins Bett.

„Jetzt ist alles überstanden, für heute ist's genug", meinte er. Doch in diesem letzten Punkt irrte Wolfgang Jacobi.

Denn als Arne spät in der Nacht anrief, um sich zu erkundigen, wie es seiner Liebsten ginge und ob er noch vorbeikommen solle, um eine Wärmflasche zu bereiten oder einen Kamillentee zu kochen, da war die Nacht aus polizeilicher Perspektive noch lange nicht zu Ende.

Montag, 3. Januar 2011

Losung: Ich habe mein Angesicht im Augenblick des Zorns ein wenig vor dir verborgen, aber mit ewiger Gnade will ich mich deiner erbarmen, spricht der HERR, dein Erlöser. (Jesaja 54, 8)
Lehrtext: Alle haben gesündigt und die Herrlichkeit Gottes verspielt. Gerecht gemacht werden sie ohne Verdienst aus seiner Gnade durch die Erlösung, die in Christus Jesus ist.
(Römer 3, 23-24)

Kurz nach Mitternacht klingelte Arnes Handy. Eine Truppe Jugendlicher hatte eine „Abrissparty" in der Kapellenstraße gefeiert. Zunächst schien das eine Nachahmungstat der Silvesternacht zu sein, in der eine leer stehende Villa in der Friedrichstraße in Gonsenheim völlig verwüstet worden war: Kein Fenster war an diesem Abend heil geblieben, selbst Heizkörper waren auf den Rasen geflogen. Ein aufmerksamer Beamter hatte sich aber daran erinnert, dass bei dieser Villa in der Kapellenstraße der Besitzer tot aufgefunden worden war, und hatte die Kriminalpolizei eingeschaltet. Arne dankte dem Beamten und notierte sich den Namen – die Polizei war angewiesen auf Menschen, die nicht nur denken, sondern sogar mitdenken konnten.

Er rief Tanja an und eine halbe Stunde später waren Tanja und er zum zweiten Mal innerhalb von zwölf Tagen in der Kapellenstraße. Frau Irina Buranovic, die Haushälterin des verstorbenen Professors, dürfte wenig erfreut über den Anblick sein, der sich Arne und Tanja bot. Wie in der bedauernswerten Villa in der Friedrichstraße war auch im Haus in der Kapellenstraße kein Fenster heil geblieben. Möbelstücke lagen auf dem schneebedeckten Rasen, zerrissene Papiere flatterten in der Luft, zerstörte Computerteile waren über den Eingangsweg verstreut. Rauchwolken quollen aus der Eingangstür, man hatte mit Büchern der Bibliothek ein kleines Lagerfeuer in der Küche entzündet.

„Warum will mir das alles nicht gefallen?", fragte Arne Tanja. „Weil alles so perfekt inszeniert ist", antwortete Tanja. „Es sieht spontan aus, aber ich wette, das ist alles andere als spontan, hier hat jemand sehr erfolgreich eine gründliche Hausdurchsuchung vertuscht und gleichzeitig Spuren vernichtet. Die Spurensicherung soll mit dem Sieb vorgehen; seit der Sache mit dem Sprinter glaube ich hier in Mainz nicht mehr an Zufälle."

„In der Tat", stimmte Arne zu. Was auch immer Johannes Rigalski an Unterlagen und Beweisen über die ägyptischen Studien seines Institutsleiters gesammelt haben mochte, an diesem Abend waren sie im winterlichen Nachthimmel von Gonsenheim in Rauch aufgegangen. Arne ärgerte sich über sich selbst. Der Fall war von Anfang an suspekt gewesen, Vollbrecht hatte das bestätigt. Warum hatten Tanja und er nicht den Mumm gehabt, Frau Claas-Selzer, ihrer Chefin, gegenüber eine Hausdurchsuchung durchzusetzen? Es war, als ob Tanja seine Gedanken erraten hätte.

„Keine Chance", sagte sie. Und in der Tat war das das Einzige, was einem angesichts angeschwärzter Mauern und zerstörter Inneneinrichtung einfallen konnte.

„Schaun Sie mal." Ein Mann der Spurensicherung hielt Tanja und Arne ein Plastiksäckchen mit weißem Pulver vor die Nase. „Das haben wir im Keller gefunden. Es könnte natürlich auch Kokain oder Crack sein, aber ich bin mir ziemlich sicher, dass das Ecstasy-Pulver ist, Genaueres wird das Labor zeigen. Im Keller ist das meiste zerstört, aber was an Resten zu finden ist, lässt meiner Ansicht nach auf ein kleines Drogen-Labor schließen. Diese Tüte ist die Einzige, die übrig geblieben ist. Aber ich denke, dass wir noch mehr finden würden, wenn wir uns die Mühe machten, die Reste im Keller zu sieben – entscheiden Sie, was sie wollen."

Arne und Tanja sahen sich an. „Nora Rigalski", sagte Tanja nur.

„Wir waren eventuell auf dem völlig falschen Dampfer", stimmte Arne zu.

Es war kurz vor sechs, als die beiden völlig übermüdeten Kommissare in einer Bäckerei in Gonsenheim, die dankenswerterweise schon um 6 Uhr morgens Kaffee braute, ihre Ergebnisse zusammenfassten. Außer ihnen war nur eine Truppe von Zeitungsausträgern anwesend, die um diese Uhrzeit ihre Morgenschicht beendet hatten und ihre eiskalten Finger um die warmen Becher bogen. Die Männer und Frauen schwätzten darüber, wie sie Silvester gefeiert hatten, und achteten nicht auf die beiden Kommissare, die in einer Ecke der gemütlich eingerichteten Verkaufsstube die Köpfe zusammensteckten und ihre Notizblöcke verglichen. Die Frage blieb, ob es Nora Rigalski möglich gewesen war, ein Drogenlabor im Keller ihres Vaters aufzubauen.

„Wir können sie natürlich überraschen und sie mit Erkenntnissen konfrontieren, die noch nicht gesichert sind, aber da haben wir schneller, als wir denken können, einen zackigen Anwalt am Hals, der uns in die Schranken weist. Und das auch noch mit Fug und Recht", sagte Arne. „Du und ich können außerdem kaum noch aus den Augen schauen und würden im Zweifel wichtige Anhaltspunkte einfach nicht wahrnehmen. Ich schlage vor, wir machen Schluss für heute Morgen und treffen uns heute Nachmittag – gemeinsam mit Pia. Dann sehen wir mal, wie weit die Spurensicherung gekommen ist. Ich schicke Pia eine Mail

mit kurzen Infos und dem Termin. Und bis dahin ..."
„Zurück in die Heimathäfen", meinte Tanja.

Arne entschloss sich, nicht in Susannes Wohnung, sondern in seine eigene zu fahren. Er brauchte Ruhe, war nur noch erschöpft. In solchen Lebenslagen war selbst eine liebende Freundin keine Hilfe, sondern eine Belastung. Erst recht eine liebende Freundin wie Susanne. Die merkte nämlich sofort, wenn etwas nicht stimmte, und bohrte dann so lange, bis sie wusste, was los war. Susanne war ein leibhaftiger Seismograph für atmosphärische Störungen, ihre berufliche Ausbildung hatte diese Fähigkeit noch unterstützt. Arne wollte jetzt keine bohrenden Fragen, er wollte nicht analysiert werden und auch keine Liebeserklärungen abgeben. Arne wollte nur eines: schlafen. Und so ließ er sich von einem Einsatzwagen zum Linsenberg fahren. Zugegeben, es war etwas laut am Linsenberg, zumal wenn die Rettungswagen Richtung Uniklinik hetzten. Zugegeben, die Wohnung war nicht auf dem neuesten Stand, sondern in – wie Arne fand – charmanter Weise angegammelt, mit renovierungsbedürftigem Parkett und hohen Räumen, die sicherlich gedämmt werden müssten, jeder Energieausweis-Fachmann würde nach Begutachtung von Arnes Heim in Ohnmacht fallen. Zugegeben, die wechselnden Mieter der Dachgeschoss-Zimmer hatten manchmal seltsame Rauchgewohnheiten. Aber Arne war nicht im Rauschgiftdezernat und er mochte sein Heim. Der wichtigste Gegenstand war seine Stereoanlage, der er, gemeinsam mit seiner CD-Sammlung, ein ganzes Zimmer gewidmet hatte. Arne war ein großer Klassik- und Jazz-Fan und konnte manchmal schon nach den ersten zwei Takten erkennen, welche Aufnahme im Radio gespielt wurde. In seinem Schlafzimmer gab es einen mäßig großen Kleiderschrank, der auch Platz für seine vier Anzüge bot – in der Oper legte er Wert auf Stil. Die Küche war eher spartanisch eingerichtet und hatte als überraschendes Accessoire ein Laufband. Arne mochte es, abends noch eine Stunde auf dem Band zu schwitzen und dabei den Rettungswagen zuzuschauen, die den Linsenberg hinaufjagten. Warum, hatte er sich nie überlegt. Wahrscheinlich fand er es beruhigend, dass er noch lebte, und das laufend auch spürte. Überhaupt lief er grundsätzlich nur alleine und am liebsten auf dem Laufband. Schwätzen beim Joggen war etwas für Mädchen, fand er. Einen Fernseher besaß er nicht, er hatte irgendwann gemerkt, dass er ihn nie einschaltete, und eines Tages das Gerät der netten Mieterin einer der Dachkammern geschenkt, als deren uralter Fernseher implodiert war und der Zimmerbrand sie mittellos zurückgelassen hatte.

Arne schätzte an seiner Wohnung die Nähe zur Stadt und zum Hauptbahnhof und die Tatsache, dass er kein Auto brauchte. Gegen den Lärm hatte er Ohrstöpsel. Er klemmte sich jetzt diese Plastikteile in die Ohren und streckte sich auf seinem Wasserbett aus. Kurz genoss er die sanften Bewegungen, die angenehme Wärme (im Sommer konnte er es kühl stellen), dann fiel er schon in einen traumlosen Schlaf. Sein Handy hatte er ausgeschaltet. Als er um 13 Uhr von seinem Uralt-Wecker unsanft aus dem Schlaf gerissen wurde, hatte er zehn Anrufe von Pia auf seiner Mailbox. Arne gähnte. Er hatte das subjektive Gefühl, zehn Minuten geschlafen zu haben. Ohne eine eiskalte Dusche würde er bei der Besprechung mit Pia und Tanja einschlafen. Eigentlich war es Wahnsinn, was er seinem Körper zumutete, kein Wunder, dass kaum ein Polizist es gesund und munter bis zur Pensionsgrenze schaffte und die meisten vorzeitig aus dem Dienst scheiden mussten. Alle Zellen seines Körpers protestierten gegen die kalten Wassertropfen, die er ihnen zumutete. Immerhin war er im Anschluss wach und ansprechbar. Er rief Pia zurück.

„Komm ins Präsidium, Nora Rigalski ist verschwunden, seit gestern Abend. Ihre Mutter ist bei uns." Arne holte sein Fahrrad aus dem Schuppen hinter dem Haus und strampelte los.

Diesmal war es Mirja Rigalski, deren Gesicht von Tränen aufgequollen war. Von ihrer kühlen Eleganz war wenig übrig geblieben. Arne sah eine Mutter, die Angst um ihr Kind hatte. Wer jemals Zweifel an der Liebe dieser kapriziösen Frau zu ihren Kindern hatte, wurde an diesem Nachmittag eines Besseren belehrt. Jedenfalls schien es so, als ob man keine Zweifel haben könnte. In diesem Fall fing Arne langsam an, an allem und jedem zu zweifeln. Arne begrüßte Frau Rigalski, dann zog er Tanja mit einer kurzen Entschuldigung aus dem Raum. „Haben wir schon die Analysen zu den Drogen?"

Tanja nickte. „Das ist vorrangig untersucht worden. Es ist Ecstasy-Pulver, aber auf der Tüte gibt es keinerlei Fingerabdrücke."

Arne überlegte. „Hast du Frau Rigalski schon mit diesem Ergebnis konfrontiert?"

Tanja verneinte. „Gut, dann gehen wir die Sache mal an."

Frau Rigalski schaute Tanja und Arne ängstlich und zugleich erwartungsvoll an. „Haben Sie etwas von Nora gehört?"

Tanja schüttelte den Kopf. Arne zog seinen Notizblock hervor. „Wer hatte Schlüssel zur Villa Ihres Mannes?"

Mirja Rigalski sprang auf. „Dieses Haus ist mir doch völlig egal, meinetwegen soll es komplett abbrennen, Johannes ist tot, aber meine Tochter lebt! Suchen Sie sie, damit sie auch lebendig bleibt! Was interessieren tote Gebäude, wenn es um ein Menschenleben geht!"

Pia blieb völlig ungerührt von diesem Ausbruch. „Nimmt Ihre Tochter Drogen?", fragte sie.

„Was soll denn das?", regte sich Mirja Rigalski auf.

„Nimmt sie Drogen oder nicht?", wiederholte Pia ungerührt.

„Nein, natürlich nicht!", schrie Mirja Rigalski.

Arne legte die Tüte mit dem Ecstasy-Pulver auf den Tisch. „Diesen Beutel mit Ecstasy-Pulver haben wir im Keller der Villa ihres Ex-Mannes gefunden. Ihr Ex-Mann war nicht drogenabhängig, das hat die rechtsmedizinische Untersuchung zweifelsfrei herausgefunden. Das bedeutet, dass entweder er selbst Drogen hergestellt oder jemand anderes ohne sein Wissen Drogen im Keller gelagert oder jemand bei der Verwüstung der Villa diese Tüte dort vergessen oder absichtlich platziert hat. Entscheiden Sie selbst, was die wahrscheinlichere Variante ist. Es ist auch in Ihrem Interesse, wenn Sie uns die Wahrheit sagen. Wir müssen wissen, in welchen Kreisen wir Nora suchen müssen."

Mirja Rigalski war zurück auf ihren Stuhl gesunken. Sie begrub den Kopf in den Händen. Es war zunächst kaum zu verstehen, was sie sagte. „Ich weiß es nicht, ob sie Drogen nimmt. Das Kind entgleitet mir. Ja, manchmal habe ich schon gedacht, dass sie ungesund aussieht, merkwürdig aufgedreht ist. Wenn ich gefragt habe, ist sie pampig geworden. Eigentlich hatte ich die beiden immer im Griff, aber jetzt ist Nora neunzehn und – ganz ehrlich – ich komme an meine Grenzen."

Tanja hielt ihr noch einmal die Tüte hin. „Hatte Ihre Tochter einen Schlüssel zur Villa Ihres Ex-Mannes?"

Erschöpft blickte Mirja Rigalski auf. „Sie hatte ein Zimmer bei ihm, genau wie Caroline. Also hatte sie auch einen Schlüssel." Pia nickte. „Wo war das Zimmer?", fragte sie.

Mirja Rigalski ließ wieder den Kopf sinken. „Im Keller. Sie wollte immer nur im Keller wohnen."

Arne und Pia fragten noch, auf welche Schule Nora ging. „Auf die Freie Waldorfschule, genau wie ihre Schwester, das ist ja nicht weit von Gonsenheim, ich dachte, hier würden die musischen Fähigkeiten der Kinder besonders gefördert."

Arne dachte daran, dass er sich Mirja Rigalski nur schwer beim Wichtelstricken für ihre Töchter oder in die Vorbereitung eines anthroposophischen Weihnachtsspiels versunken vorstellen konnte. Arne hatte auch noch gut den überdimensionalen Flachbild-Fernseher im Wohnzimmer der Rigalskis in Erinnerung – durften Waldorf-Leute eigentlich fernsehen? Irgendwie passte die Waldorfschule gar nicht zu dem Bild, das er sich von Johannes Rigalski und seiner Familie gemacht hatte.

„Mein Ex-Mann war ja gegen die Waldorfschule", meinte Mirja, so als ob sie seine Gedanken gelesen hätte. „Aber dann kamen sie in der Grundschule mit den anderen Kindern nicht so klar, sie waren eben sensibel und da haben wir uns für Waldorf entschieden."

„Noras Freunde, sind die auch auf der Waldorfschule?"

Mirja Rigalski schüttelte den Kopf. „Ich kann es Ihnen leider nicht sagen, früher hat sie ihre Freundinnen mit nach Hause gebracht, aber heute! Sie erzählt mir nichts mehr und ich bekomme nicht mit, wen sie trifft. Die kommunizieren ja heute alle über facebook oder Handy, das ist nicht mehr so wie früher, wo das Telefon klingelte und man den Hörer weiterreichte. Ich weiß, dass man so was nicht tut, aber ich hab sogar mal versucht, ihr Laptop zu durchforsten, aber da war alles gesperrt, keine Chance!"

Arne hatte eine Fahndung nach Nora Rigalski herausgegeben. „Wir können sie nur wegen der Drogen suchen lassen, Ihre Tochter ist neunzehn Jahre alt, Frau Rigalski, vor dem Gesetz ist sie erwachsen, da haben wir einfach keine Handhabe. Am besten ist, Sie gehen jetzt nach Hause, wir halten Sie auf dem Laufenden. Bitte telefonieren Sie Noras Freundinnen von früher durch, vielleicht weiß eine Näheres. Und fragen Sie Ihre jüngere Tochter. Manchmal wissen Schwestern mehr übereinander als Mütter ahnen."

Mirja Rigalski schaute verzagt. „Es ist kalt, bitter kalt. Ich stelle mir vor, sie ist jetzt da draußen, ganz alleine ..."

Tanja versuchte, Hoffnung zu verbreiten. „Das ist doch nur gut so. Wem es kalt ist, den zieht es ins Warme. Das wird auch Ihrer Tochter so gehen. Die ist bestimmt bald wieder daheim."

Mirja Rigalski nickte, wenig überzeugt. Dann wurde sie wieder hektisch. „Morgen ist doch die Beerdigung, da muss sie doch dabei sein! Was mache ich, wenn sie dann noch nicht wieder da ist?" Wieder fing sie an zu schluchzen.

Arne nahm ihre Hand. „Frau Rigalski, bestimmt ist Nora bei einer Freundin. Hat sie denn ihren Vater gemocht?"

Mirja Rigalski nickte.

„Dann wird sie morgen bei der Beerdigung da sein", bekräftige Arne mit einer Überzeugung, die ihn selbst überraschte. Auch Tanja schaute verblüfft. Aber Arne schien es gelungen zu sein, Frau Rigalski ein wenig zu beruhigen. Dankbar schaute sie den jungen Kriminalkommissar an. „Ja, sie wird bestimmt da sein", bestätigte Arne noch einmal. Ein zaghaftes Lächeln erhellte das Gesicht von Mirja Rigalski. „Danke", sagte sie leise.

Pia begleitete sie nach draußen.

„Glaubst du, dass diese Tüte Nora Rigalski gehört?", fragte Tanja kurz darauf. Arne war skeptisch. „Eine Tüte, ja, vielleicht, aber ein kleines Labor? Wenn das stimmt, was die Spurensicherung vermutet, kommt mir das eigentlich ein bisschen zu groß für Nora vor."

„Hier stimmt vieles nicht", meinte Pia.

„Du hast recht, wo wir auch anfangen tun sich Abgründe auf", stimmte Arne ihr zu. „Das neue Jahr hätte ruhiger beginnen können."

Tanja nickte. „In der Tat! Auch für mich, Ägypten war letztlich alles Mögliche, nur kein Erholungsurlaub."

„Apropos Ägypten", Arne blätterte in seinem Notizbuch, „wir müssen noch einen Termin mit Professor Söderblöm ausmachen und herausfinden, weshalb Athina Sahler im Sexualwissenschaftlichen Institut in Behandlung war."

„Stimmt", meinte Pia.

„Muss ich da mit?", fragte Tanja.

„Nein", meinte Pia.

„Wir sollten uns jetzt genau überlegen, wie wir die Aufgaben aufteilen, sonst verlieren wir völlig den Überblick", meinte Arne. „Ich schlage vor, wir machen jetzt eine Mindmap und sammeln unsere Aufgaben und erstellen einen Zeitplan." Tanja und Pia stimmten zu.

Eine Stunde später hatten sie alle bisher bekannten Fakten sortiert. Es gab in Deutschland zwei Tote: Johannes Rigalski und Athina Sahler. In Ägypten gab es medizinische Komplikationen in Folge einer medizinischen Studie. Es gab eine gefährliche Situation im Straßenverkehr, von der Wolfgang Jacobi behauptete, es sei ein Mordanschlag gewesen. Es gab eine vermisste junge Frau und eine verwüstete Villa.

Pia musterte kritisch die Pinwand. „Nur ein Fall!", schloss

sie. Tanja schaute irritiert. Arne, der sich in der kurzen Zeit schon gut an Pia gewöhnt hatte, übersetzte: „Pia meint, es gibt streng genommen nur einen Fall – nämlich den von Athina Sahler. Alle anderen sind offiziell gar keine Fälle oder keine Fälle für unsere Abteilung. Für die Villa von Rigalski ist das Einbruchsdezernat zuständig und Nora wird erst zum Fall, wenn sie noch länger verschwunden bleibt."

Tanja runzelte die Stirn. „Es ist also nur eine Frage der Zeit, bis Frau Claas-Selzer Lunte riecht und unsere traute Zusammenarbeit auflöst. Schließlich kann dem Steuerzahler nicht zugemutet werden, dass drei hochbezahlte Kriminalbeamte eine Körperverletzung mit Todesfolge verfolgen – und darauf läuft die Athina-Sahler-Sache letztlich hinaus."

„Genau", bestätigte Pia.

„Das heißt, wir haben nicht mehr viel Zeit!", sagte Arne.

„Exakt", attestierte Pia. „Ich besorge einen Termin mit Söderblöm."

Tanja überlegte. „Wir könnten zum Abschluss dieses wunderbaren Arbeitstages noch einmal die einschlägigen Drogenlokale aufsuchen, aber um die Uhrzeit herrscht da noch tote Hose. Also, mein Vorschlag: Schluss für heute! Lasst die Kollegen von der Streife nach Nora Rigalski Ausschau halten, die haben da sowieso mehr Erfahrung als wir."

Pia nickte. Erleichtert stimmte Arne zu. Pia verabredete noch einen Termin mit Söderblöm am nächsten Vormittag, zwei Stunden vor der Beerdigung von Johannes Rigalski um 12.30 Uhr, an der alle drei Kriminalbeamten teilnehmen wollten. Dann trennte sich das Team und jeder ging nach Hause. Fast jeder ging nach Hause. Denn Tanja entschloss sich, Wolfgang anzurufen. Und Arne lenkte sein Rennrad über verschneite Mainzer Straßen in die Altstadt. Das Laufband musste warten.

Dienstag, 4. Januar 2011

Losung: Ich will das Verwundete verbinden und das Schwache stärken. (Hesekiel 34, 16)
Lehrtext: Paulus schreibt: Der Herr hat zu mir gesagt: Lass dir an meiner Gnade genügen, denn meine Kraft ist in den Schwachen mächtig. (2. Korinther 12, 9)

Tanja hatte kaum geschlafen. Stundenlang hatte sie mit Wolfgang geredet – doch im Wesentlichen über die Vorgänge in Ägypten, die Wolfgang nach wie vor Sorgen bereiteten. Er sah eine große Bedrohung für seine ägyptischen Freunde, zugleich fragte er sich, was es mit der medizinischen Studie auf sich hatte, die seiner Einschätzung nach zu dem Angriff durch den Sprinter geführt hatte. Wieder hatte Tanja nicht den richtigen Zeitpunkt gefunden, um über ihre Schwangerschaft zu sprechen. Selbstkritisch sagte sie sich, dass sie diesen Zeitpunkt vielleicht auch gar nicht finden wollte. Tanja wusste, dass ein gemeinsames Kind sie auf die Beziehung mit Wolfgang festlegen würde, und sie konnte sich einfach nicht vorstellen, sich ein Leben lang unterlegen fühlen zu müssen. Wie oft hatte sie Wolfgang vorgehalten, dass sie viel zu schwach und unattraktiv für ihn sei, er hatte stets den Kopf geschüttelt und darauf hingewiesen, dass er sein Leben lang gewusst habe, was gut für ihn sei – und Tanja sei gut für ihn. Tanja konnte nicht akzeptieren, dass Wolfgang sie im Gegenteil stark fand – ihren Willen, mit dem sie es geschafft hatte, aus der kleinbürgerlichen Enge ihres Elternhauses ein selbstständiges Leben in einer Umgebung aufzubauen, die zu ihr passte und in der sie sich wohlfühlte. Für Wolfgang war es kein Problem, dass Tanja kein Vermögen besaß – er hatte ja selbst Geld und wollte es gerne mit

Tanja teilen. „Was sollte ich mit dem ganzen Geld alleine anfangen, es macht doch viel mehr Spaß, es mit dir und für dich auszugeben", sagte er immer. Doch Tanja zögerte und blieb ausweichend, schob eine endgültige Entscheidung für Wolfgang immer weiter hinaus. Er hatte ihr nie einen Antrag gemacht – zu seinem Glück, wusste Tanja, denn sie hätte abgelehnt und das hätte er nun wieder nicht ertragen können. Wolfgang spürte schon, dass er sie nicht drängen durfte. Doch jetzt wusste Tanja, dass sie nicht mehr lange fliehen konnte. Und wieder war eine Nacht mit Wolfgang vergangen, ohne dass sie den Mut gefunden hatte, sich ihm zu offenbaren.

„Kochst du mir ein Ei?", fragte sie verschlafen am Frühstückstisch.

„Ungern", antwortete Wolfgang.

Tanja blickte erstaunt auf. Das war sonst gar nicht Wolfgangs Art, eigentlich war er hilfsbereit und zuvorkommend. „Gut, ich kann's auch selbst kochen, hast ja recht", sagte Tanja mit einem leicht schlechten Gewissen, warum war sie nicht gleich auf den Gedanken gekommen, Wolfgang war schließlich nicht ihr Diener. Sie wollte schon aufstehen, als er ihr die Zeitung hinlegte. „Dioxin im Frühstücksei entdeckt – Lebensmittelskandal", lautete die Schlagzeile. „Schließlich mag ich dich noch ein bisschen behalten. Stell dir mal vor, du wirst schwanger, Dioxin ist nicht gut für's Baby, lass dir das gesagt sein."

Tanja wurde unmittelbar schlecht. Sie rannte ins Bad und übergab sich. Besorgt kam ihr Wolfgang nach und reichte ihr einen nassen Waschlappen. „Geht es? Entschuldige, ich hab nicht geahnt, dass dich das mit den Eiern so anekeln könnte." Offenbar ahnte er tatsächlich nichts von ihrem Zustand. Tanja dankte ihm und säuberte sich. Ihr war schlecht geworden und das nicht wegen des Dioxin-Skandals oder wegen der Anspielung auf ein Baby. Sie war schwanger. Das Baby hatte sich gemeldet. Ihr blieb wirklich nicht mehr viel Zeit.

„Vergiss nicht, auf dem Weg zu Söderblöm einen Blick in den Himmel zu werfen", erinnerte sie Wolfgang, als sie ihre Sachen gepackt hatte und sich auf den Weg zum Polizeipräsidium machen wollte. „Heute ist partielle Sonnenfinsternis, das hat man nicht jeden Tag. Aber nimm diese Brille mit, sonst ist es gefährlich, hab sie extra für dich besorgt."

Wolfgang reichte Tanja eine dunkle Plastikbrille. „Nicht schön, aber hilfreich, du sollst ja nicht erblinden. Übrigens gibt es diese ganz süße Legende aus Tahiti über die Sonnenfinsternis, danach scheint die Sonne bei einer Sonnenfinsternis deshalb nicht, weil Sonne und Mond im Liebesakt vereint sind und keine Zeit zum Scheinen haben. Das Ergebnis dieser Liebe sind kleine Sterne. Reizend, nicht? Jedenfalls, ich bin gespannt, was ihr bei Söderblöm herausfindet, die Sache in Ägypten stinkt, das kann ich dir versichern."

Er gab ihr noch einen Kuss und Tanja wusste schon, warum sie trotz dieser Zärtlichkeit so matt und traurig war: Sie saß in der Klemme.

Professor Dr. Nils Söderblöm war ein smarter Mittvierziger mit Augen in einem leicht milchigen Blau, die in seinem blassen, schmalen Gesicht sehr intensiv wirkten. Sein drahtiges Haar hatte einen Bürstenschnitt, der ihm ein leicht militärisches Aussehen verlieh, was nur durch seinen weißen Arztkittel gemildert wurde. Er lächelte, aber seine blauen Augen blickten hart.

„Möchten Sie einen Kaffee?", fragte er Pia, Tanja und Arne. Die drei Kommissare schüttelten den Kopf. Alle nahmen um einen großen Glastisch Platz, auf dem einige medizinische Fachzeitschriften lagen. Einzige Dekoration im Raum, in dem es weder Pflanzen noch Bilder gab, war eine abstrakte Metallskulptur, die eine schwangere Frau darstellte. Tanja merkte, dass sie schlechte Laune bekam. Das war alles ein bisschen zu viel Anspielung auf ihr derzeitiges Problem.

„Warum sind Sie hier?", fragte Söderblöm knapp.

„Athina Sahler", antwortete Pia noch kürzer. Wenn hier einer die Meisterschaft in der kurzen Form des Dialogs erringen sollte, dann doch sie.

„Und?", reagierte Söderblöm. Damit war es war wieder offen, wer den Pokal gewinnen würde.

Arne verlor etwas die Geduld. „Athina Sahler war Patientin in Ihrem Institut. Sie ist ermordet worden."

„Wie schrecklich", meinte Söderblöm, aber obwohl er seine Stimme etwas dämpfte, wirkte er nicht sonderlich erschüttert.

„Wir müssen wissen, warum Frau Sahler Ihr Institut konsultierte. Aus der Rechnung, die wir in ihrer Wohnung gefunden haben, geht das nicht hervor", ergänzte Arne.

„Ja und?", fragte Söderblöm. Arne merkte, dass er kurz davorstand, die Fassung zu verlieren. Bemüht sachlich sagte er: „Wir bitten um Ihre Hilfe in einem Mordfall. Warum war Frau Sahler in Ihrer Behandlung?"

„Die ärztliche Schweigepflicht wird durch den Tod nicht gebrochen, Sie haben kein Recht auf solche Informationen", sagte Söderblöm kühl und erhob sich schon, um sie hinauszubegleiten.

„Doch", sagte Pia und zog einen Umschlag aus ihrer Handtasche. „Richterliche Verfügung", fügte sie hinzu. Schweigend nahm Söderblöm den Umschlag entgegen, öffnete ihn und las ihn durch. Ohne weiteren Kommentar stand er auf und öffnete die Tür zu seinem Büro. „Die Kartei von Frau Sahler, bitte", wies er seine Sekretärin an. Dann setzte er sich schweigend wieder zu den Kommissaren. Niemand sagte etwas, bis die Sekretärin klopfte und mit den Unterlagen hereinkam. Söderblöm nahm sich Zeit, die Aufzeichnungen durchzusehen – provozierend viel Zeit, fand Tanja, deren Geduldsfaden zum Zerreißen gespannt war.

„Wir haben heute noch mehr zu tun, Herr Professor, können Sie uns endlich die Informationen geben!", sagte sie einen Ton zu scharf.

Söderblöm zog nur leicht die Augenbrauen hoch. „Wir leben in keinem Polizeistaat, Frau Polizistin. Sie werden sich gedulden müssen, wenn Sie solide Informationen wollen."

Tanja zuckte zusammen. Nur die Länge seiner Aussage verriet, wie ärgerlich Söderblöm war, seine Stimme verriet keinerlei Emotionen. Wieder vertiefte sich Söderblöm in die Karte, dann schaute er die Kommissare an.

„Frau Sahler litt an einer Problematik, die viele Frauen kennen. Allerdings haben nur wenige Frauen den Mut, sich Rat bei ihrem Arzt zu holen. Zugegebenermaßen steckt die Forschung in diesem Bereich noch in den Kinderschuhen." Er blickte wieder auf die Karteikarte.

„Was war denn ihr Problem?", fragte Tanja ungeduldig.

Wieder hob Söderblöm leicht die Augenbrauen. „Frigidität würde man umgangssprachlich sagen, noch einfacher ausgedrückt, damit Sie verstehen, was ich meine: mangelndes Lustempfinden beim Geschlechtsverkehr."

Tanja hätte ihm für dieses „einfacher ausgedrückt, damit Sie verstehen" am liebsten eine Ohrfeige gegeben, zumindest eine passende Bemerkung, die ihr jedoch leider nicht einfiel. Erschwerend kam hinzu, dass sie spürte, wie sie rot wurde. Söderblöm hatte eine empfindliche Stelle getroffen. Immer wieder hatte sie Zweifel an ihrer Bildung.

„Was hilft?", sprang Pia in die Bresche und lenkte Söderblöms Aufmerksamkeit auf sich. Tanja war der Kollegin sehr dankbar.

Söderblöm schaute Pia prüfend an. „Wenn Sie im Internet surfen, werden Sie Tipps von Spargel bis hin zu pulverisierter Tigerleber finden, gefährlicher wird's bei dubiosen Mitteln zur Durchblutungsförderung oder Drogen, die bewusstseinserweiternd wirken sollen. Leider gibt es bisher noch kein Viagra für Frauen. Allerdings – wir sind sehr aktiv in diesem Gebiet am Forschen, ich darf wohl sagen: führend in der Bundesrepublik, sogar weltweit. Frau Sahler litt sehr unter ihrem Problem und war dankbar, dass sie an unserer Studie teilnehmen konnte. Ich bin natürlich entsetzt, dass sie tot ist – zumal sie eine wichtige Probandin war. Es klingt etwas pathetisch, stimmt aber: Durch ihren Tod ist ein wesentlicher Teil unserer Forschungsarbeit verloren gegangen."

Söderblöm schwieg. „Können Sie uns sagen, was Frau Sahler im Rahmen dieser Studie an Medikation bekommen hat?", fragte Arne.

Söderblöm schüttelte den Kopf. „Das sind geheime medizinische Informationen, die werde ich nicht an Sie weitergeben. Ich habe Ihnen alles gesagt, was Sie wissen müssen, für mehr taugt auch Ihre richterliche Verfügung nicht."

Tanja war empört. „Warum helfen Sie uns nicht?" Ein leichtes Lächeln schien um Söderblöms Lippen zu spielen. „Die inhaltlichen Details unserer Arbeit könnten Sie sowieso nicht erfassen. Was ich Ihnen mitgeteilt habe war schon viel, mehr geht nicht."

„Abwarten", sagte Pia. „Wo waren Sie am Abend des 27. Dezember?"

Söderblöm musste diesmal weder eine Karteikarte noch die Sekretärin bemühen. „Im Urlaub. In Ägypten."

„Interessant", meinte Pia und stand auf.

Söderblöm schaute verblüfft und allein für diesen Blick von Söderblöm hätte Tanja Pia umarmen können. Pia ging grußlos aus dem Raum, mit einem gemurmelten „Auf Wiedersehen" folgten Arne und Tanja ihrer Kollegin. An der Tür hatte Arne noch eine Idee: „War Ihr verstorbener Kollege Rigalski in die Forschung an dieser Studie mit eingebunden?"

Arne entging nicht, dass es jetzt Söderblöm war, auf dessen blassem Gesicht leichte rote Flecken aufblühten. „Nein, Kollege Rigalski hatte andere Forschungsschwerpunkte. Woran ist der Kollege eigentlich gestorben?"

Arne lag ein „für diese Frage haben Sie keine richterliche Befugnis" auf der Zunge. Doch dann entschied er, dass die Reaktion auf die Information interessant sein konnte. „Er ist erfroren."

Söderblöm schaute ungläubig. „Wahrscheinlich ist ihm nach einem reichhaltigen Essen bei seinem Freund schwindlig geworden, er hatte einige Gläser Wein getrunken und sein Blutzucker war auch hoch", fuhr Arne fort, „zuletzt hat er sich auf die Bank vor seinem Haus gesetzt, muss dann ohnmächtig geworden sein und ist erfroren."

Söderblöm überlegte. „Ich hätte gedacht, dass er seinen Diabetes besser im Griff hat", meinte er dann kurz. „Auf Wiedersehen."

Arne, Tanja und Pia hatten sich in den ruhigen Nebenraum vom Café Raab in Gonsenheim zurückgezogen. Auf dem nahe gelegenen Friedhof würde in einer knappen Stunde die Beerdigung von Rigalski stattfinden; es hätte sich nicht gelohnt, zur Nachbesprechung den Umweg ins Präsidium zu fahren. Erstaunlich viele Menschen im arbeitsfähigen Alter bevölkerten das Café, viele Frauen, aber auch einige Männer. Hatten die noch alle Ferien oder reiche Ehepartner, die ihnen ein Leben in Müßiggang ermöglichten? Niemand wirkte gehetzt oder auch nur in Eile, hier saßen die Leute nicht auf einen schnellen Cappuccino zwischen zwei Terminen, es herrschte die Atmosphäre süßen Nichtstuns. Tanja überlegte, dass sie als Wolfgangs Ehefrau auch ihre Tage in Cafés wie diesem verbringen könnte. Ihr war klar, dass sie ein solches Dasein höchstens zwei Wochen durchhalten würde. Sicher, im Urlaub war es angenehm, einen Vormittag im Café zu vertrödeln, aber eine ständige Kaffeehaus-Existenz war ihrer Ansicht nach höchstens für Wiener Literaten erträglich. Sie, Tanja, würde nach kürzester Zeit in Depressionen verfallen oder zum fanatischen Putzteufel oder Gartenfetischisten mutieren, nur um etwas zu tun zu haben.

Nun, Pia, Arne und sie hatten etwas zu tun. Pia sah ihre Aufzeichnungen durch. „Athina Sahler hatte ein Problem. Sie dachte, Söderblöm hätte die Lösung."

Arne überlegte. „Ob ihr Tod etwas mit dieser Lösung zu tun hatte?"

Tanja kaute auf ihrem Kuli. „Woran ist Athina gestorben?"

„Herzversagen", antwortete Pia. „Denkt mal an das, was Wolfgang über die Studie in Ägypten erzählt hat. Da gab es doch auch viele Frauen mit Herzbeschwerden. Einmal angenommen, bei der Studie ging es darum, eine Art Viagra für Frauen zu entwickeln."

Arne nickte begeistert. „Das ist sehr gut! Aber warum ist

Athina dann in die Orgel eingesperrt worden? Doch wohl kaum von Söderblöm – der brauchte sie doch für die Studie!"

Tanja nickte.

„Unfall?", fragte Pia.

Arne schüttelte den Kopf. „Kann nicht sein, der Schlüssel zum Orgelgehäuse war abgewischt."

„Warnung?"

„Das könnte natürlich sein, eine Warnung, die schiefgelaufen ist. Jemand wollte Athina warnen – wovor?"

„Zu viel zu reden", schlug Pia vor.

„Das ist eine Möglichkeit. Athina wollte von der Studie erzählen oder davon, dass die Studie nicht funktioniert. Athina war ja jemand, der sich gern wichtig machte. Sie hat dabei bestimmt nicht immer überblickt, was sie dadurch auslöste."

Tanja hatte eine Idee: „Vollbrecht! Sie hatte doch Vollbrecht in der Johanneskantorei kennengelernt! Einmal angenommen, sie hat Söderblöm erzählt, dass sie Kontakt zu Vollbrecht hat. Oder sie hat ihm sogar gedroht, Vollbrecht etwas zu erzählen. Möglicherweise hat sie auch einfach mit ihren Kontakten geprahlt und Söderblöm hat kalte Füße bekommen."

Arne zweifelte. „Dann hätte Söderblöm Athina in die Orgel gelockt und sie dort eingesperrt! Bei aller Liebe – das kann ich mir nicht vorstellen!"

„Muss er ja nicht selbst erledigt haben", hielt Pia dagegen.

„Wir müssen noch einmal mit Vollbrecht reden", entschied Tanja. „Wir sehen ihn ja gleich bei der Beerdigung."

Arne nickte zustimmend. Er schaute auf die Uhr. „Es wird Zeit, jedenfalls wenn wir noch einen Platz in der Trauerhalle bekommen wollen. Ist eigentlich Nora Rigalski inzwischen aufgetaucht?"

„Gute Frage!", meinte Pia und zog ihr Handy aus der Tasche. „Nora Rigalski?", fragte sie, als die Verbindung stand. Dann schüttelte sie den Kopf. „Nichts", fasste sie zusammen. Arne dachte an Mirja Rigalski. Sie musste die Beerdigung überstehen, ohne ihre Tochter! Die Frau tat ihm wirklich leid.

Tanja wollte die Rechnung zahlen und tastete in ihrer Handtasche nach dem Portemonnaie. Sie fand die Plastiksonnenbrille. An die Sonnenfinsternis hatte sie gar nicht mehr gedacht. Jetzt war sie vorbei. Kein Mond- und Sonne-Liebesglück, keine Sternenkinder. Tanja merkte, wie ihr Tränen in die Augen stiegen. Hektisch suchte sie nach einem Taschentuch und tat so, als ob sie sich schnäuzen müsste. Das fehlte noch, dass sie vor Pia und Arne in Tränen ausbrach.

Pia, Arne und Tanja bekamen noch einen Platz in der letzten Reihe. Die Trauerhalle des Gonsenheimer Friedhofs hatte sich schnell gefüllt, auch vor der Halle standen bald viele Menschen. Es zog empfindlich. Pfarrerin Susanne Hertz musste sich mühsam ihren Weg durch die Menge zum Sarg von Johannes Rigalski bahnen. Mirja Rigalski saß in der ersten Reihe, sie wirkte wie erstarrt. Ihre Tochter Caroline saß neben ihr, ein Platz war leer. Tanja überlegte, dass es für Mirja Rigalski sicher härter war, diesen leeren Platz auszuhalten als den leeren Platz, den ihr Ex-Mann hinterließ. Das Streichquartett hatte gerade die letzten Takte Beethoven gespielt, Susanne das erste Gebet gesprochen, als sich jemand von hinten durch die Menge zwängte. Nora Rigalski! Die Haare noch strähniger als sonst, tiefe Schatten unter den

Augen, aber immerhin in Schwarz passend gekleidet. Fast schüchtern glitt sie auf den freien Stuhl neben ihrer Mutter. Es hatte etwas Ergreifendes, als Mirja Rigalski stumm die Hand ihrer Tochter nahm und fest drückte. Die ließ sie dann während der ganzen Zeremonie nicht los. Professor Matthias Vollbrecht und seine Frau Marianne saßen ebenfalls in der ersten Reihe. Matthias Vollbrecht schaute erleichtert, als Nora eintraf, Marianne wirkte missbilligend. Tanja, Arne und Pia verständigten sich flüsternd. Mit Vollbrecht würden sie ein Treffen verabreden, mit Nora unmittelbar nach der Beerdigung sprechen – die Gefahr war zu groß, dass die junge Frau wieder das Weite suchen würde.

Susanne meisterte ihre Aufgabe wie gewohnt souverän. Die Ansprache des Universitätspräsidenten fiel dagegen deutlich ab, man musste ihm allerdings zugutehalten, dass er Rigalski nur vom Hörensagen her gekannt hatte. Dem studentischen Vertreter merkte man den großen Respekt vor und auch die Bewunderung für seinen verstorbenen Hochschullehrer an. Matthias Vollbrecht hatte es sich nicht nehmen lassen, für seinen Freund Abschiedsworte zu finden, er schloss mit einem englischen Gedicht, das viele Anwesende zu Tränen rührte. Söderblöm war der Feier wie angekündigt ferngeblieben.

Susanne nickte den Kommissaren zu, als sie nach dem Erdwurf zurück zur Trauerhalle ging. Tanja schien es, als ob Susannes Blick eine Spur länger an ihr hing. Sie nahm sich vor, Susanne am Nachmittag anzurufen. Etwas beschämt dachte sie daran, dass Susanne sicher mit ihr gebangt und bisher noch gar keine Gelegenheit gehabt hatte, unter vier Augen mit ihr zu sprechen.

Trotz der frostigen Temperaturen war eine große Menge

auch mit zum Grab gekommen. Die Kommissare warteten, bis Professor Vollbrecht mit seiner Frau Marianne auf sie zukam.

„Können wir uns noch einmal mit Ihnen treffen, es ist wichtig!", bat Arne.

„Sicher, ich stehe Ihnen gerne zur Verfügung. Allerdings bin ich morgen zu einem Vortrag in Berlin und übermorgen nicht in der Klinik, ich muss diverse Unterlagen zu Hause durcharbeiten. Was halten Sie davon, wenn Sie übermorgen gleich vormittags bei mir vorbeikommen?"

Marianne Vollbrecht schaute ärgerlich. „Matthias, du wolltest dich doch endlich einmal ausruhen nach all diesen schrecklichen Ereignissen." Zu den Kommissaren gewandt sagte sie aufgebracht: „Mein Mann braucht auch einmal seine Ruhe, kann das denn niemand begreifen? Nimmt denn keiner Rücksicht? Sieht denn niemand, dass ihm diese Aufregung schadet?"

Vollbrecht drückte den Arm seiner Frau. „Liebes, die Leute versuchen doch nur, den Tod von Frau Sahler und von Johannes aufzuklären. Da ist es doch unsere Pflicht, zu helfen."

„Lass die Toten ihre Toten begraben", entgegnete Marianne Vollbrecht entschieden, „du lebst und du weißt, du darfst dich nicht aufregen!"

„Es dauert ja nicht lange, mein Schatz." Vollbrecht suchte in seinem Sakko: „Hier ist meine Karte, ich erwarte Sie dann am 6. Januar gleich um 9 Uhr, passt das?"

Arne nickte. Vollbrecht grüßte, dann ging er mit seiner Frau langsam weiter.

„Komischer Spruch!", meinte Pia.

Arne schaute fragend.

„Lass die Toten ..."

„Jesus!", klärte Arne seine Kollegin auf. „Matthäusevangelium."

Tanja runzelte die Stirn. „Deine Bibelkenntnisse werden mir immer unheimlicher, was rührt Susanne dir morgens in dein Müsli?"

Arne lächelte. „Viel Liebe! Deshalb: ‚Trenne dich nicht von einer vernünftigen und frommen Frau; denn sie ist edler als Gold' – Jesus Sirach Kapitel 7, Vers 21." Er grinste triumphierend.

Pia schüttelte den Kopf.

„Schüttele nicht den Kopf, Pia", mahnte Arne, „auch dir gilt die frohe Botschaft: ‚Ein Weib, das schweigen kann, ist eine Gabe Gottes' – Jesus Sirach Kapitel 26, Vers 17."

Pia zeigte Arne schweigend einen Vogel. Einige Trauergäste, die an ihnen vorbeigingen, schauten irritiert.

Die Kommissare warteten mit inzwischen eiskalten Füßen, bis auch der letzte Trauergast der Familie sein Beileid ausgesprochen hatte. Dann gingen sie auf Nora Rigalski zu. Die drückte sich wie ein kleines Kind an ihre Mutter. In Mirja Rigalski schien das Löwenmutter-Gen zum Vorschein zu kommen. Schützend stellte sie sich vor ihre Tochter. „Sie haben Nora nicht gefunden, sie ist von selbst gekommen. Lassen Sie sie jetzt in Ruhe um ihren Vater trauern!"

Arne schüttelte den Kopf. „Das geht leider nicht so einfach, Frau Rigalski. Wir kommen Ihnen entgegen und bieten Ihnen an, dass wir uns hier in einem Raum der Trauerhalle unterhalten, Nora kann dann zum Trauerkaffee nachkommen. Alternativ müssten wir sie ins Präsidium mitnehmen."

Mirja Rigalski wollte schon etwas erwidern, überlegte es sich dann aber anders. Sie schob ihre Tochter in Richtung der Kommissare. „Geh, ich warte vor der Halle auf dich. Caroline kann mit den Vollbrechts vorfahren."

Nora sträubte sich zuerst, sah dann aber ein, dass es keinen Ausweg für sie gab.

Der Friedhofsangestellte hatte ihnen sein Büro zur Verfügung gestellt, das war eng, aber der einzige Raum, der groß genug für vier Personen war.

„Wo waren Sie?", fragte Pia.

„Das geht Sie überhaupt nichts an!", erwiderte Nora pampig.

„Na schön, dann fragen wir doch nach etwas, das uns auf jeden Fall angeht – nach Ihrem Drogenlabor im Keller Ihres Vaters!"

Arne hielt Nora die Tüte mit dem Ecstasy-Pulver unter die Nase. Tanja bewunderte ihren Kollegen dafür, dass er vorausschauend diese Tüte mitgeschleppt hatte. „Oder wollen Sie abstreiten, dass dieses Pulver Ihnen gehört?"

Noras Gesicht, das sowieso schon blass war, nahm eine kalkige Farbe an. „Wo haben Sie das her?", flüsterte sie.

„Aus dem Trümmerhaufen, den Sie und Ihre Freunde im Haus Ihres Vaters hinterlassen haben."

„Damit habe ich nichts zu tun!", kreischte Nora. „Das können Sie mir nicht anhängen!"

„Aber diese Tüte können wir Ihnen schon anhängen", behauptete Tanja.

Nora verschränkte die Arme vor der Brust. „Ohne meinen Anwalt sage ich gar nichts mehr."

Pia stand auf. „Dann fahren wir alle aufs Präsidium, Sie sind festgenommen."

Nora schnappte nach Luft. „Moment, so hab ich das nicht gemeint!"

Arne lehnte sich nach vorne. „Wie haben Sie es denn gemeint?"

Nora sank in ihrem Stuhl zurück. „O.k., die Tüte gehört

mir. Das heißt, eigentlich nicht mir, ich hab sie nur für 'nen Freund aufgehoben. Aber was der Scheiß mit dem Drogenlabor soll, das weiß ich nicht. Damit hab ich nichts zu tun!"

„Wie erklären Sie sich dann die entsprechenden Funde im Haus Ihres Vaters?"

Nora schüttelte den Kopf. „Weiß nicht, was Sie mit ‚entsprechenden Funden' meinen."

„Für welchen Freund haben Sie die Tüte aufgehoben?", fragte Pia.

„Weiß nicht mehr, kenn den nur flüchtig, Florian oder Fabian heißt der, oder so ähnlich." Nora knetete an ihren fettigen Haaren.

„Wo waren Sie, als die Villa Ihres Vaters ruiniert wurde?", fragte Tanja.

Nora ließ den Kopf sinken. „Bei 'ner Freundin ..."

„... an deren Namen Sie sich nicht mehr erinnern", ergänzte Pia süffisant.

„Stimmt!", bestätigte Nora und hob hoffnungsvoll den Kopf.

Tanja stellte sich die Frage, ob Johannes Rigalski seine Intelligenz wohl im vollen Umfang an seine Tochter vererbt hatte.

„Mir reicht's!", entschied Pia. „Wir fahren jetzt aufs Präsidium und ich beantrage einen Haftbefehl gegen Sie wegen Drogenbesitzes, gewerbsmäßiger Drogenherstellung und Sachbeschädigung."

Nora schaute erschrocken. „Das können Sie doch nicht tun!"

Pia nickte. „Doch, das kann ich!"

„Aber warum?", schrie Nora entsetzt.

„Weil Sie uns nicht die Wahrheit sagen. Darum. Verarschen kann ich mich selbst. Also sag, was du weißt oder ich ruf' den Streifenwagen, ist mir scheißegal, dass dein Vater gerade beerdigt worden ist, glaub nicht, dass du bei mir dafür einen Bonus bekommst."

Arne war verblüfft, dass sich Pia zu so einer langen Rede aufgeschwungen hatte. Doch ihre Tirade hatte Erfolg. Nora sank erst in ihrem Stuhl in sich zusammen wie ein Häufchen Elend, dann packte sie aus. „Ich kannte den Typen nicht, das war im KUZ. Er meinte, er wär der Initiator von der Sache mit der Villa in der Friedrichstraße gewesen, super erfolgreich, ein Riesending an Silvester und alle hätten Mega-Spaß gehabt. Jetzt hätte er eine Wette laufen, dass er innerhalb von einer Woche das Gleiche noch einmal hinkriegt. Ich wäre doch die Tochter vom Rigalski und hätte bestimmt nichts dagegen, ein bisschen Pulver zu bekommen. Dann hat er mir den Plastikbeutel gezeigt. Er meinte, er würde auch nicht alles kaputt machen, ich müsste mir keine Gedanken machen. Am besten wäre, ich käme gleich mit, dann wär's für alle noch nicht mal Einbruch, falls doch jemand geschnappt werden würde."

Nora schwieg erschöpft.

„Und dann?", fragte Pia. „Dann bin ich mit nach Gonsenheim und hab ihm aufgeschlossen und plötzlich waren da ganz viel Leute, die waren so schwarz angezogen und da hab ich Schiss bekommen und bin weg. Ich bin zu Jasmin, die wohnt in Kostheim und war in meiner Klasse, die ist bei ihren Eltern ausgezogen und hat jetzt ein Apartment für sich, die hat mich in ihrem Schlafsack bei sich schlafen lassen. Den Beutel hab ich übrigens gar nicht genommen, so weit kam's dann gar nicht mehr, ich weiß nicht, warum er den im Keller gelassen hat."

Um dir etwas anzuhängen, du Schäfchen!, dachte Tanja. Laut sagte sie: „Morgen kommen Sie um 9 Uhr ins Präsidium, da machen wir ein Protokoll. Sie bleiben bitte bei Ihrer Mutter und verlassen Mainz erst einmal nicht. Meinen Sie, Sie würden diesen Typen aus dem KUZ wiedererkennen?"

„Bestimmt!", meinte Nora, aber es klang alles andere als überzeugt.

Die Kommissare übergaben Nora ihrer Mutter, die frierend vor der Trauerhalle auf und ab ging, und verpflichteten sie, dafür Sorge zu tragen, dass Nora am nächsten Morgen pünktlich im Präsidium erscheinen würde. „Nora Rigalski wird um eine Anklage wegen Drogenbesitzes nicht herumkommen", meinte Arne, als er Nora und ihrer Mutter nachsah.

„Glaub ich nicht", warf Pia ein.
„Warum?", fragte Arne.
„Morgen kommt sie mit ihrem Anwalt", erklärte Tanja, „dann kann sich Nora an nichts mehr erinnern, ihre Aussage ist unter Druck erzwungen worden, noch dazu nach der Beerdigung ihres Vaters und auf der Tüte sind keine Fingerabdrücke. Wir haben nichts gegen sie in der Hand und was wir haben, zerpflückt uns jeder halbwegs intelligente Anwalt."

„Genau!", sagte Pia. Frustriert schauten sich die drei Ermittler an. „Kaffee?", meinte Pia.

„Bitte!", antwortete Arne. Er überlegte, ob Pias Kommunikationstechnik langsam auf ihn abfärbte. Offenbar nicht nur auf ihn: „Café Raab!", entschied Tanja.

Zehn Minuten später wärmten die drei ihre kalten Finger an einem Cappuccino (Pia), einer Latte Macchiato (Tanja) und einem doppelten Espresso (Arne). Tanja bemerkte, dass sie manche Leute wiedererkannte. Die hatten tatsächlich schon vor zwei Stunden hier gesessen. Tanja dachte an das mühsame Gespräch mit Nora, ganz zu schweigen davon, dass die hoffnungsvolle Tochter des verstorbenen Professors während ihres Aufenthaltes bei ihrer Kostheimer Freundin offenbar nicht die Dusche benutzt hatte, worauf eine deutlich wahrnehmbare Aura schließen ließ. Möglicherweise war reiche Gattin doch eine attraktive Alternative zum harten Polizistenalltag. Es bräuchte ja nicht immer das Café Raab zu sein. Man könnte auch einmal ins Café Nolda gehen oder ins Domcafé oder ins Altstadtcafé. Das Leben musste nicht langweilig werden.

„Meinst du, du könntest Wolfgang motivieren, mit uns die Ergebnisse durchzugehen?", riss Arne Tanja aus den Träumen von einer sorglosen Existenz in den Kaffeehäusern von Mainz. Automatisch nickte Tanja. „Klar, wenn ich ihn bitte. Morgen Vormittag ist er in Karlsruhe, er hat ein Gespräch mit jemandem vom Bundesgerichtshof. Er müsste aber abends wieder da sein."

Pia nickte. „Es wäre gut, wenn wir mit ihm sprechen könnten. Jedenfalls, wenn wir gleich die Ergebnisse der Rechtsmedizin im Fall Athina Sahler haben. Das hängt ja alles zusammen, glaube ich jedenfalls."

„Gut, dann fahren wir ins Präsidium!", entschied Arne.

„Noch'n Moment", meinte Pia und winkte der netten jungen Kellnerin mit ihrer Cappuccino-Tasse.

„Gute Idee", schloss sich Tanja an.

„Wunderbar!", meinte Arne.

Pia lächelte.

Mittwoch, 5. Januar 2011

*Losung: Ich will dich preisen unter den Völkern, o HERR,
und deinem Namen lobsingen. (Psalm 18, 50)
Lehrtext: Dem Gott, der allein weise ist, sei Ehre durch Jesus
Christus in Ewigkeit. (Römer 16, 27)*

Wie Tanja und Pia es prophezeit hatten, so geschah es: Nora erschien mit Mutter und Anwalt, der Anwalt gab eine nichtssagende Aussage ab, Nora nickte und alle waren knapp zwanzig Minuten später schon wieder aus dem Büro verschwunden.

„Was waren das für Leute, die die Villa von Rigalski verwüstet haben? Haben die Kontakt zu denen, die die Abrissparty in der Friedrichstraße organisiert haben?", fragte Tanja ihre Kollegen.

Pia schüttelte den Kopf. „Kein Kontakt." Arne nickte zustimmend. „So ist es, wir haben ja die meisten von der Party in der Friedrichstraße erwischt, die waren auch ganz locker, weil der Besitzer sie wohl nicht anzeigen wird. Sie wurden etwas blass um die Nase, als wir sie auf die Villa in der Kapellenstraße angesprochen haben, aber doch eher, weil sie fürchteten, dass ihnen da jemand etwas in die Schuhe schieben will. Das scheint ja auch tatsächlich der Fall zu sein."

Tanja schüttelte den Kopf. „Du bist nicht auf dem neuesten Stand, Arne. Der ehemalige Besitzer des Hauses hat sie wegen Sachbeschädigung und Hausfriedensbruch angezeigt. Aber ich glaube auch, dass sie mit der Sache in der Kapellenstraße nichts zu tun hatten."

Pia überlegte. „Warum wurde eingebrochen?"

Arne zog grübelnd seine Stirn in Falten. „Professor Vollbrecht hat uns doch ganz am Anfang auf die Villa hingewiesen, dass da Unterlagen von Rigalski liegen müssen, Beweise dafür, dass eine medizinische Studie manipuliert oder unter nicht sauberen Bedingungen durchgeführt worden ist. Ich schätze mal, dass diese Unterlagen jetzt verschwunden sind."

Pia nickte.

Tanja schaute auf die Uhr. „Kommt, wir müssen zur Pressekonferenz. Das Ehepaar, das neulich die Einbrecher in Gonsenheim gestellt hat, wird vom Polizeipräsidenten öffentlich gelobt. Der Polizeipräsident will, dass auch ein paar Beamte anwesend sind."

Arne stand auf. „Das war ganz schön mutig von den beiden – schade, dass nicht mehr Leute in der Kapellenstraße diesen Mumm hatten, als die Rigalski-Villa zerlegt wurde."

Tanja knabberte an ihrem Kuli. „Irgendwie ist mir Nora Rigalski zu billig weggekommen. Sie hat uns erfolgreich das arme Opfer vorgespielt, das von bösen Menschen hereingelegt wurde. Tatsache ist doch, dass sie Drogen nimmt und an der Zerstörung der Villa beteiligt war – auch wenn sie heute das Gegenteil behauptet. Das ist nicht unbedingt das, was man von einer wohlerzogenen Tochter aus gutem Hause erwartet."

Pia nickte. „Arme Mutter."

Arne trommelte zum Aufbruch. „Dieses Herzchen möchte ich auch nicht an der Mutterschürze hängen haben. Vielleicht wäre es besser, Frau Rigalski würde ihre Tochter mal mit den Konsequenzen ihrer Taten konfrontieren statt ihr noch den Anwalt zu finanzieren."

„Würdest du das schaffen, wenn es deine Tochter wäre?", fragte Tanja.

„Ich hoffe mal sehr!", sagte Arne. „Aber, was ein Glück, ich bin ohne Kind und Kegel."

Tanja merkte, wie ihr wieder die Tränen in die Augen schossen und wandte sich schnell ab.

Nach der Pressekonferenz war es Essenszeit.

„Wollen wir in die Kantine?", fragte Tanja. Pia zog die Stirn kraus. Arne hatte eine Idee. „Warum fahren wir nicht nach Mombach, bei Fisch-Jackob ist am Mittwoch immer weniger los als sonst, da haben wir die Chance auf einen Platz an dem einzigen Stehtisch. Sonst gibt's nur noch die Fensterbänke. Trotzdem ist der Laden immer gerammelt voll. Ich hätte jetzt so richtig Lust auf einen frisch gebackenen Kabeljau."

Tanja lief das Wasser im Mund zusammen. „Haben die Lachs?", fragte sie.

Arne nickte. „Klar."

Pia lächelte. „Scholle! Und ich hab mein Auto um die Ecke geparkt."

Zwanzig Minuten später betrachtete das Ermittler-Trio den Fisch in der Auslage. „Was können Sie uns empfehlen?", fragte Tanja den maritim in ein blau-weiß gestreiftes Hemd gekleideten Verkäufer. „Die meisten nehmen weißes Fleisch", meinte dieser nach kurzem Zögern, denn Arne hatte gerade Kabeljau bestellt. „Dabei finde ich, dass für einen Backfisch das dunkle würziger schmeckt. Also Rotbarsch oder Lachs."

Arne und Tanja schauten sich an. „Ich nehme dann Rotbarsch", korrigierte Arne seine Bestellung. „Ich Lachs!", entschied Tanja.

„Scholle!", erklärte Pia.

„Dann aber eine ganze Scholle, kein Filet – oder?", fragte der Verkäufer in einem Ton, der eigentlich keinen Widerspruch duldete.

„Natürlich!", sagte Pia leicht empört. „Dann ist es ja gut", meinte der Mann zufrieden.

Arne wies auf eine Vitrine, die mit vielen Salatschüsseln gefüllt war. „Meine Favoriten sind der Flusskrebs-Salat und der Shrimpscocktail mit Lychees."

Tanja nickte. „Deshalb willst du auch die Karriereleiter hoch! So ein kleines Schälchen kostet sicher ein halbes Vermögen!"

Arne nickte. „3,60 Euro. Das kleine Schälchen. Ich nehme immer ein mittleres. Das leiste ich mir einmal in der Woche und genieße es morgens auf warmem Toast, dazu ein Glas Sekt ..."

Tanja applaudierte. „Klar, und dann bittest du den Butler, dir die Akten aus dem Büro zu holen und die Geishas schenken dir grünen Tee oder Sekt nach, wenn du leicht mit der Wimper zuckst. Du spinnst, Kollege."

Arne zog seine Stirn in betrübte Dackelfalten. „Man wird doch mal träumen dürfen! Aber im Ernst – der Flusskrebs-Salat ist eine Sünde wert!"

Pia kniff Arne in die Taille. „Speckrolle."

Arne schüttelte den Kopf. „Ich sag doch: Sünde! Was interessiert mich mein Gewicht, wenn ich Shrimps mit Lychees haben kann?"

Pia überlegte, dann stellte sie ihren leergeputzten Teller auf die Theke. „Flusskrebs-Salat. Bitte."

Nachmittags war Wolfgang aus Karlsruhe zurück und kam ins Polizeipräsidium. Arne verkniff sich die Frage, was Herr Jacobi am Bundesgerichtshof zu erledigen hatte – man musste schließlich nicht alles wissen. Manchmal war das auch besser für die Gesundheit, siehe Professor Rigalski. Wobei der Todesfall Rigalski immer noch kein offizieller Fall war. Schließlich durfte jeder, der es unbedingt wollte, sich bei Minus-Temperaturen auf die Bank hinter dem eigenen Haus legen und friedlich erfrieren. War nicht verboten. So wie der Fall Sahler ebenfalls offiziell kein Mordfall war.

„Athina Sahler war Asthmatikerin. Wir haben kein Asthmaspray bei ihr gefunden, wahrscheinlich hatte sie es zu Hause vergessen. Der Staub in der Orgel könnte einen Anfall ausgelöst haben, in der Kälte war sie ohne Spray, dazu kamen ihre Todesängste … Die Kombination von Sauerstoffmangel und Kälte könnte zum Tod geführt haben, hat mir die Ärztin erklärt", informierte Tanja. „Natürlich könnte es sein, dass auch noch ein zusätzlicher Faktor zum Tod geführt hat. Wenn Athina Sahler beispielsweise Diabetikerin gewesen wäre …"

„Halt!", unterbrach sie Pia.

„Wie – halt?", fragte Tanja irritiert.

„Diabetes! Da war was!"

Tanja schaute in den Obduktionsbericht. „Nein, sie hatte keinen Diabetes!"

„Diabetes!", beharrte Pia.

Arne suchte in seinen Unterlagen. „Ich weiß nicht was du meinst, Pia."

Pia sah sehr unzufrieden aus. Wolfgang Jacobi schaute Pia aufmerksam an. „Irgendjemand hat im Laufe dieser letzten Tage etwas über Diabetes gesagt. Es muss in einem Gespräch gewesen sein, denn die Ergebnisse der Rechtsmedizin sind in den Akten. Es wird ein Satz gewesen sein, der nebenbei gefallen ist, sonst hätten Sie ihn sich notiert. Überlegen Sie, mit wem Sie Gespräche geführt haben?"

Tanja lachte. „Wolfgang, du hättest zur Polizei kommen sollen!"

Pia schreckte auf und sah Tanja so an, dass ihr das Lachen gefror. Wolfgang ließ sich von Tanjas Bemerkung nicht ablenken, sondern schaute Pia weiter aufmerksam an. Arne holte seine Aufzeichnungen heraus und zählte auf: Matthias Vollbrecht, Marianne Vollbrecht, Kantor Arzfeld, Susanne Hertz, Mirja Rigalski, Nora Rigalski, Caroline Rigalski – immer wieder schüttelte Pia nach kurzem Überlegen den Kopf. „Tim Danner, Söderblöm ..."

„Halt!" Pia schloss die Augen. So verharrte sie für geschlagene fünf Minuten, doch niemand störte sie, im Gegenteil gelang es Tanja mit verzweifelter Selbstbeherrschung, einen Nieser zu unterdrücken.

„Dachte, er hätte seinen Diabetes im Griff", sagte Pia dann. „So oder ähnlich hat er es gesagt. Dass er sich wundert, dass Rigalski seinen Diabetes nicht im Griff hatte."

Wolfgang Jacobi bekam schmale Augen. „In welchem Kontext hat er das gesagt?" Pia überlegte weiter und schloss wieder die Augen, diesmal kam sie jedoch schneller zu einem Ergebnis. „Information über Todesursache von Rigalski, hoher Blutzucker, Kontrollverlust, Ohnmacht, erfroren."

Jacobi nickte. „Söderblöm hat recht. Das passt nicht zu Rigalski. Der hatte – einmal abgesehen von den Frauen und seinem Hass auf Söderblöm – alles im Griff. Warum hat er seine Dosis Insulin nicht angepasst, wenn er doch wusste, dass er bei Vollbrechts zum Essen eingeladen war?"

Tanja dachte nach. „Aber warum gibt uns Söderblöm diesen Hinweis? Wovon will er ablenken?"

Arne sah sie erstaunt an. „Wieso ablenken?"

Tanja schaute auf ihren Block. „Söderblöm hat eine Verbindung zu dieser Viagra-für-Frauen-Studie in Ägypten. Da bin ich ganz sicher. Söderblöm hat Athina Sahler behandelt. Viele der Frauen in Ägypten hatten Herzbeschwerden.

Athina Sahler ist an Herzversagen gestorben. Rigalski hatte Material gegen Söderblöm in der Hand. Für mich weist alles auf Söderblöm hin. Also – von wem will Söderblöm ablenken?"

„Professor Vollbrecht?", fragte Pia.

**Donnerstag, 6. Januar 2011, Epiphanias
(Fest der Erscheinung des Herrn)**

*Losung: Vernichten wird er den Tod auf ewig. (Jesaja 25,8)
Lehrtext: Christus möchte ich erkennen und die Kraft seiner
Auferstehung und die Gemeinschaft seiner Leiden und so
seinem Tode gleich gestaltet werden, damit ich gelange zur
Auferstehung von den Toten. (Philipper 3, 10-11)*

Susanne spießte eine kleine Garnele auf. „Köstlich, dieser Shrimpscocktail, den könntest du öfter mitbringen!"

„Nach dem nächsten Lottogewinn täglich", meinte Arne trocken.

Susanne lachte. „Triffst du heute Tanja?"

Arne nickte. „Ja, wir zwei haben heute Morgen ein trautes Tête à Tête mit Professor Vollbrecht."

„Wieso traut – ist Pia nicht mit dabei?"

Arne schüttelte den Kopf. „Pia muss zur Fortbildung, Anordnung von Frau Claas-Selzer. Pia ist bis Ende der Woche beim BKA in Wiesbaden."

„Grüß Tanja mal von mir. Sie wollte mich schon längst mal anrufen oder mit mir einen Tee trinken oder im Wald joggen gehen. Nichts davon ist geschehen."

Arne räumte seine Akten in die Tasche. „Ich richte deine Grüße gerne aus. Aber jetzt muss ich los, der vielbeschäftigte Professor Vollbrecht wartet! Was machst du?"

„Ich habe daran gedacht, mir zur Feier des Tages ein Paar Schuhe zu kaufen."

„Gute Idee, du hast ja sonst keine!"

„Eben!"

Einen Augenblick später war Arne wieder in der Wohnung. „Was ist los, hast du was vergessen?"

„Ja, Spikes, draußen hat das Blitzeis zugeschlagen, ganz Mainz ist eine Eisbahn. Wenn du schon Schuhe kaufen willst, nimm Schlittschuhe."

„Und du, was machst du? Du kannst bei Blitzeis doch nicht Fahrrad fahren! Das ist lebensgefährlich!"

„Ich rufe einen Wagen, der kann dann gleich Tanja mitnehmen. Den Termin bei Vollbrecht müssen wir wahrnehmen, wer weiß, wann der wieder Zeit hat."

Doch so einfach war das mit dem Wagen nicht. Auch Streifenwagen fahren nicht mit Spikes und die Beamten hatten an diesem Morgen mit unzähligen Unfällen alle Hände voll zu tun; der Bus- und Straßenbahnverkehr war zwischenzeitlich zum Erliegen gekommen. Tanja schlug vor, den Termin bei Vollbrecht alleine wahrzunehmen, sie würde laufen. („Ja, Arne, ich habe Spikes für meine Joggingschuhe, meine Mutter hat sie einmal bei der Gemeindetombola gewonnen. Sicher waren sie ursprünglich für Seniorenschlappen gedacht, aber auf meine Schuhe passen sie auch. Ja, ich jogge bei jedem Wetter. Meinetwegen spinne ich. Nein, wir sagen den Termin nicht ab, ich gehe da allein hin, wir treffen uns einfach später statt im Polizeipräsidium in der Altstadt in der Inspektion Weißliliengasse. Die hundert Meter bis dahin wirst du ja wohl schaffen. Ich hoffe mal, in zwei Stunden fahren die Busse wieder. Wir sehen uns dann.") Arne zog seufzend seine Winterstiefel aus.

Susanne schaute fragend. „Was ist los?"

„Tanja geht alleine zu den Vollbrechts, wir treffen uns später in der Weißliliengasse."

Susanne lächelte. „Bis die Geschäfte aufmachen dauert es noch über eine Stunde. Hast du eine Idee, was ich in der Zeit machen könnte?"

Arne überlegte. „Abwaschen, staubsaugen, Kreuzworträtsel lösen, deine Mutter anrufen, deinen Bruder anrufen, oder ..."

Susanne und Arne entschieden sich für das Oder.

Tagesspruch: Die Finsternis vergeht, und das wahre Licht scheint jetzt. (1. Johannesbrief 2, 8b)

„Hoffentlich passiert heute nichts!", meinte Susanne als sie ihren BH zuhakte.

„Was soll schon beim Schuhekaufen passieren?", fragte Arne.

„Ich habe eher an die Kopten gedacht, die heute ihre Weihnachtsgottesdienste feiern, so wie alle orthodoxen Christen auf der ganzen Welt. Epiphanias – das orthodoxe Weihnachtsfest. Möchtest du Weihnachten mit Polizeischutz feiern und trotzdem Angst haben, dass dich irgendein Durchgeknallter während des Gottesdienstes erschießt?"

Arne schüttelte den Kopf. „Gewiss nicht, aber ich habe gar nicht daran gedacht, dass heute das orthodoxe Weihnachtsfest ist."

Der Vorteil einer Pfarrstelle mitten in der Altstadt von Mainz besteht für Menschen mit einem leichten Schuhtick darin, dass die Objekte der Begierde quasi nebenan nur darauf warten, endlich probiert und gekauft zu werden. Der Vorteil am Schuhkauf nach dem Neujahrstag besteht darin, dass erste Exemplare bereits deutlich reduziert sind. An diesem Morgen war Susanne zudem im Genuss der vollen Aufmerksamkeit der Verkäuferinnen – das Glatteis lud nicht gerade zum Bummeln ein. Glatteis konnte jemanden wie Susanne jedoch nicht stoppen. Wenn sie auf der Fahndung nach Schuhen war, dann konnte sie höchstens ein Vulkanausbruch daran hindern. Vorsichtig schlitterte sie über das Kopfsteinpflaster in Richtung Schuhhaus Schlüter, gleich neben der St. Johanniskirche. Hier gab es noch echte Fachverkäuferinnen – inzwischen zu Susannes Leidwesen eine Seltenheit in Schuhgeschäften. Wenn Susanne etwas nicht leiden konnte, dann waren das uninteressierte Verkäuferinnen, die sich mehr mit ihrem Nagellack als mit der Kundin beschäftigten oder mit knappem Blick „passt doch" sagten, während sie mit ihren schmalen Füßen in Flusskahn-ähnlichen Schuhen verzweifelt Halt suchte. Bei Schlüter war das noch anders, zum Glück.

„Kann ich Ihnen helfen?"

„Ich hoffe sehr! Bringen Sie mir alles in Größe 41, das ein bisschen verrückt und ausgefallen ist, und wenn möglich: reduziert."

„Gerne!"

Tanja hatte sich mit ihren Spikes an den Laufschuhen zum Libellenweg durchgeschlagen. Falls sie mit freundlichen Worten gerechnet hatte oder einer Anerkennung dafür, dass es ihr gelungen war, trotz Eis nach Bretzenheim zu kommen, so hatte sie sich getäuscht. Marianne Vollbrecht hatte ihr an der Haustür zwar lächelnd den Mantel abgenommen, sie dann aber nur mit einem mahnenden „Er hat wirklich ganz wenig Zeit" zu ihrem Mann geleitet.

Matthias Vollbrecht begrüßte die Kommissarin und bat sie, am Tisch in seinem Arbeitszimmer Platz zu nehmen. Marianne Vollbrecht setzte sich dazu. An den Wänden standen Bücherregale, die bis zur Decke reichten und mit Fachzeitschriften und -büchern eng bestückt waren. Auch der Schreibtisch war überladen mit Zeitschriften und Büchern.

„Was kann ich für Sie tun?"

„Ich habe noch eine Frage zu dem Abend, an dem Ihr Freund Johannes Rigalski bei Ihnen zu Besuch war."

„Ja bitte?"

„Wussten Sie, dass Professor Rigalski Diabetiker war?"

„Selbstverständlich!"

„Bei Ihnen hat er ausgiebig gegessen und getrunken."

Vollbrecht nickte. „Ja, wie immer, wenn er hier zu Besuch war. Aber dank Insulin ist das ja kein Problem."

Tanja zog den Obduktionsbericht aus der Tasche. „Wie erklären Sie sich dann, dass Professor Rigalski zum Zeitpunkt seines Todes eine Hyperglykämie hatte?"

Vollbrecht war erstaunt. „Gar nicht! Sonst hat er immer vor dem Essen gespritzt. Ich war natürlich nicht dabei, aber ich meine mich zu erinnern, dass er sich vor dem Essen kurz zurückzog. Kannst du dich erinnern, Marianne?"

Marianne Vollbrecht, die der Unterhaltung aufmerksam gefolgt war, schüttelte den Kopf. „Lieber, ich war doch in der Küche voll beschäftigt, da habe ich natürlich nicht darauf geachtet. Vielleicht hat Johannes an diesem Abend das Spritzen vergessen?"

Vollbrecht schüttelte den Kopf. „Das war gar nicht seine Art. Sein Spritzbesteck und das Insulin hatte er immer dabei, eher hätte er sein Portemonnaie vergessen. Schauen Sie doch noch mal in seinen Sachen nach, oder sind die inzwischen wieder bei den Angehörigen?"

Tanja verneinte. „Noch haben wir alles in der Asservatenkammer."

„Na also, dann überprüfen Sie doch sein Spritzbesteck."

Marianne Vollbrecht machte eine entschuldigende Handbewegung. „Aber – ich bin ganz unhöflich – möchten Sie einen Kaffee oder ein Wasser?"

„Kaffee wäre wunderbar", dankte Tanja.
„Mit Milch und Zucker?"
„Ja, mit Milch und viel Zucker bitte."
„Und du wie immer schwarz?"
Matthias Vollbrecht nickte.
„Der Kaffee ist schon fertig, ich bringe ihn sofort", sagte Marianne Vollbrecht und eilte in die Küche.
„Sie sind sich sicher, dass er eine Überzuckerung hatte, als er starb?"
Tanja nickte.
„Wir haben noch die köstlichen Trüffel von Marianne zum Espresso gegessen und vorher hatten wir das Tiramisu als Nachtisch, das war ja Selbstmord, wenn er da nicht gespritzt hat. Noch dazu, wo sein Herz vorgeschädigt war." Professor Vollbrecht schüttelte den Kopf. „Jetzt frage ich mich in der Tat, ob es ein unbewusster Selbstmord gewesen sein könnte, ob ihn der Konflikt mit Söderblöm mehr mitgenommen hat, als ich geahnt habe. Anders kann ich mir nicht erklären, dass er nicht gespritzt hat. Da war er sonst so sorgfältig. Ach, da ist ja der Kaffee. Danke Liebes! Fandest du, dass Johannes trauriger war als sonst an seinem letzten Abend?"

Marianne Vollbrecht überlegte. „Eher aufgebracht, hätte ich gesagt. Aber ist das nicht manchmal die Kehrseite einer Depression?"

Matthias Vollbrecht war überrascht. „So habe ich das noch nie gesehen, erstaunlich. Ja, aufgebracht war er schon."

Tanja trank ihren Kaffee. „Und er hat Ihnen an diesem Abend keine Details über seinen Verdacht gegen Söderblöm erzählt?"

„Nein. Leider dürften nach dem Einbruch und der Verwüstung in der Villa auch keine Unterlagen mehr zu finden sein. Söderblöm ist übrigens gestern nach Ägypten geflogen, zu einem Kongress in Alexandria. Den können Sie im Moment nicht befragen. Ich weiß auch wirklich nicht, wie es Johannes gelungen ist, an belastende Unterlagen heranzukommen. Möglicherweise hat ihm jemand die Daten zugespielt, doch dieser Jemand dürfte nach den Ereignissen sehr vorsichtig sein. Denn was wir denken, das denkt Söderblöm auch und wird seine Mitarbeiter mit Argusaugen beobachten. Da darf sich jetzt niemand eine Blöße geben."

„Was halten Sie für wahrscheinlicher: einen Selbstmord Ihres Freundes Johannes oder einen Mord, der im Zusammenhang mit manipulierten Forschungsergebnissen steht?"

„Ganz klar Mord!", antwortete Vollbrecht spontan. „Einzig, dass er sich nicht Insulin gespritzt haben solle, lässt mich etwas zögern. Trotzdem: Ich bleibe dabei – es war Mord. Was meinst du, Liebes?"

Marianne Vollbrecht überlegte. „Dazu kann ich nichts sagen. Ich weiß nur: Er war immer so unruhig und hat Unruhe mit sich gebracht. Jetzt hat er seine Ruhe gefunden."

Zum zweiten Mal an diesem Vormittag blickte Vollbrecht seine Frau überrascht an. „Du hast recht. Er war wirklich ein unruhiger Geist. Vielleicht war es also doch Selbstmord. Ein unbewusster Selbstmord, weil er sich nach innerer Ruhe gesehnt hat. Der Mensch ist schon ein merkwürdiges Wesen."

Tanja verabschiedete sich von den Vollbrechts und machte sich auf den Weg nach Hause. Trotz vieler Fakten schienen alle Spuren in Sackgassen zu enden. Es war ermüdend und müde war sie auch. Die Schwangerschaft machte ihr mehr zu schaffen, als sie gedacht hatte.

Ihre Beine fühlten sich schwer an. Wo war sie eigentlich? Offenbar war sie in Gedanken einfach gelaufen, ohne sich zu orientieren. Der Weg war nun wirklich nicht schwer, durch die Unikliniken direkt in die Altstadt, keine fünf Kilometer, leicht zu schaffen, trotz des Glatteises. Aber wo war sie hier? Das waren Felder. War sie etwa Richtung Lerchenberg gelaufen? Das konnte doch nicht sein. Sie musste umkehren. Warum waren hier so viele Autos? Warum fuhren die so schnell, trotz der Glätte?

Sie musste umkehren.

Florian Rosenfeld war eben von der A60 am Kreuz Mainz Süd Richtung Innenstadt abgefahren. Kurz hinter der Abfahrt torkelte ihm auf der B40 eine Person entgegen. Florian Rosenfeld bremste abrupt und versuchte auszuweichen, sein Wagen geriet ins Schleudern und erfasste die Person mit dem rechten Kotflügel. Florian Rosenfelds Opel Astra drehte sich um die eigene Achse und prallte auf der Beifahrerseite gegen die Leitplanke.

Der Notruf erreichte die Zentrale um 10.25 Uhr. Um 10.31 Uhr war der Notarztwagen mit Dr. Anne-Wiebke Strauß an der Unfallstelle. Der Fahrer des Unfallwagens kniete neben einer Frau, die bewusstlos auf der Straße lag. Er hatte einen Schock, aber abgesehen davon keinen einzigen Kratzer erlitten. Florian Rosenfeld hatte unwahrscheinliches Glück gehabt. Die Frau dagegen hatte offensichtlich schwere Verletzungen. Dr. Strauß sah sofort, dass ein Bein gebrochen war. Die Frau blutete zudem aus einer großen Wunde am Kopf. Die Rettungssanitäter kamen mit der Trage, Strauß zog gerade eine Spritze mit einem Schmerzmittel auf, als die Verletzte die Augen aufschlug. „Schwanger", flüsterte sie. Dann wurde sie wieder ohnmächtig.

„Auch das noch", sagte Anne-Wiebke Strauß und packte die Spritze wieder weg.

Pia und Arne klingelten an der Villa im Libellenweg. Es dauerte eine Zeit, bis ihnen geöffnet wurde. Professor Vollbrecht schaute verblüfft auf die Beamten. „Ihre Kollegin ist schon vor mindestens zwei Stunden gegangen."

Pia zog den Haftbefehl aus der Tasche.

„Sie sind festgenommen, Herr Professor. Wo ist Ihre Frau?"

Aus den Augenwinkeln sah Pia eine kleine Bewegung im Hintergrund und reagierte prompt. Unsanft drängte sie Vollbrecht zur Seite und rannte ins Haus, sie hörte, wie sich ein Schlüssel im Schloss drehte. Pia rüttelte an der Tür. „Kriminalpolizei, öffnen Sie."

Keine Reaktion. Pia nahm Anlauf und brach die Tür auf. Marianne Vollbrecht führte gerade ein Glas zum Mund. Pia fasste ihr Handgelenk und entwand ihr mit der anderen Hand das Glas. „Das hat jetzt keinen Sinn mehr, Frau Vollbrecht", sagte sie mit ungewöhnlich sanfter Stimme.

Marianne Vollbrecht sah sie unwillig an. „Sie stören!"

Pia seufzte.

Arne stand mit Wolfgang Jacobi am Bett von Tanja auf der Intensivstation der Uni-Klinik. Tanja schlief.

„Sie wird es schaffen, zum Glück. Außer dem Beinbruch hat sie nur noch mehrere Rippen gebrochen und einen Milzriss. Die Ärzte haben eine extrem hohe Dosis eines Antiallergikums in ihrem Blut gefunden. Sie war fast betäubt und muss in ihrer Orientierungslosigkeit auf die B40 getorkelt sein. Der Autofahrer hatte keine Chance, immerhin ist es ihm noch gelungen, ihr etwas auszuweichen. Wenn er sie frontal erwischt hätte, stünden wir heute an ihrem Grab. Wusstest du, dass sie schwanger ist?"

Wolfgang Jacobi schüttelte stumm den Kopf.

„Sie wissen noch nicht, ob sie das Kind behalten wird. Sie muss einen Moment lang klar gewesen sein und hat die Notärztin informiert, dass sie schwanger ist. Zum Glück. Sie versuchen alles, um das Baby zu retten."

Wolfgang blieb stumm. Arne fühlte sich hilflos. In das Schweigen hinein fragte Jacobi: „Habt ihr ihn festgenommen?"

„Sie festgenommen. Es war Marianne Vollbrecht. Er hatte keine Ahnung. Sie hat Tanja das Zeug in den Kaffee gerührt. Sie ist auf dem Präsidium, Pia und ich werden sie gleich verhören. Für mich sieht es jedoch eher nach Psychiatrie als nach Gefängnis aus. Sie spricht die ganze Zeit davon, dass ihr Mann Ruhe braucht, beängstigend. Ich halte dich auf dem Laufenden. Bleibst du jetzt bei Tanja?"

Wolfgang nickte wieder stumm.

Marianne Vollbrecht gestand, dass sie das Insulin aus dem Spritzbesteck von Professor Rigalski mit Wasser verdünnt hatte. Sie gestand ebenfalls, dass sie Athina Sahler in das Orgelgehäuse gestoßen und eingeschlossen hatte. Den Anschlag auf Rigalski hatte sie sorgfältig geplant, das Attentat auf Athina Sahler war eine spontane Aktion gewesen, als sie bemerkte, dass Athina Sahler alleine auf der Orgelempore zurückblieb. Motiv für beide Taten war ihre Sorge um ihren Mann. Marianne Vollbrecht fühlte die innere Ruhe ihres Mannes durch Johannes Rigalski und Athina Sahler bedroht. Das Singen in der Johannes-Kantorei war stets eine Quelle innerer Ruhe und Zufriedenheit für Matthias Vollbrecht gewesen, Athina Sahler hatte diese wohltuende Atmosphäre beeinträchtigt. Der Anschlag war eher als Warnung gedacht gewesen, in der Hoffnung, Athina Sahler das Singen in der Kantorei zu verleiden. Den Tod von Frau Sahler hatte sie jedoch keinesfalls bedauert. Sie wurde bis zu ihrem Prozess in die geschlossene Abteilung der Psychiatrie eingeliefert.

„Was ist mit der Sache mit dem Auto? Ich kann mir nicht vorstellen, dass Marianne Vollbrecht uns abgedrängt hat!" Susanne rührte in ihrem Tee. Arne schaute sie nachdenklich an. „Hat sie auch nicht. Das passt nicht zu ihr, wir haben sie danach gefragt, aber da kam gar keine Reaktion. Wahrscheinlich war es doch kein Anschlag, sondern einfach nur ein rücksichtsloser Idiot."
„Ein Zufall?" Susanne war skeptisch. „Und die Villa in der Kapellenstraße – ist die auch nur zufällig demoliert worden? Marianne Vollbrecht steckt da sicher nicht dahinter."
Arne schwieg. „Ich muss an das denken, was Urs Bernhard gesagt hat", meinte Susanne dann nachdenklich. „Marianne Vollbrecht wollte das Gute für ihren Mann und gerade so ist das Böse eskaliert. Sie war der festen Überzeugung, das Gute zu tun und gerade dadurch ist so viel Böses entstanden. Das Böse entsteht, wenn Menschen meinen, sie wüssten ganz genau, was gut ist."
„Hast du gewusst, dass Tanja schwanger ist?", fragte Arne unvermittelt.
Susanne nickte schweigend.
„Warum hast du mir nichts erzählt?", fragte er verbittert.
„Weil ich unter Schweigepflicht stand", antwortete Susanne leise. „Was glaubst du, wie oft ich dir das gerne anvertraut hätte, aber ich durfte nicht." Sie spürte, wie ihr die Tränen in die Augen stiegen und schluckte sie herunter. Jetzt war kein Augenblick zum Weinen. „Meinst du, dass ich auch das Gute wollte und dadurch dem Bösen geholfen habe?" Arne zögerte ein bisschen, dann nahm er sie in den Arm.

Tanja wurde wach und betrachtete Wolfgang, der auf dem Stuhl neben ihrem Bett eingeschlafen war. Die Instrumente zeigten ihren Herzschlag an, offensichtlich war sie noch am Leben. Wolfgang spürte wohl, dass sich etwas verändert hatte, und schreckte auf. Tanja sah ihren Freund an. „Ich konnte nicht ..."

„Alles ist gut, du lebst, das ist wichtig."

„Ich hab erst gemerkt, dass ich es will, als es zu spät war", flüsterte sie.

Wolfgang nahm ihre Hände vorsichtig in seine Hände.

„Es ist nicht zu spät. Schlaf jetzt, das ist gut. Für euch beide ..."

Sonntag, 16. Januar 2011

Losung: Ihr sollt den HERRN, euren Gott, nicht versuchen.
(5. Mose 6, 16)
Lehrtext: Irret euch nicht! Gott lässt sich nicht spotten. Denn
was der Mensch sät, das wird er ernten. (Galater 6, 7)

Am frühen Morgen des 16. Januars wurde Professor Dr. Nils Söderblöm beim Verlassen seines Hotels in Alexandria von einem Auto erfasst und tödlich verletzt. Der Fahrer beging Fahrerflucht und konnte nicht ermittelt werden.

Hosni Mubarak trat am 11. Februar als Präsident von Ägypten zurück.

Vera Bleibtreu alias Angela Rinn
entstand im selben Jahr wie die Berliner Mauer, erwies sich jedoch als haltbarer. Sie lebt seit 1993 in Mainz und kann sich seitdem ein Leben ohne Rhein, Wein und Meenzer nicht mehr vorstellen. Ihre Brezeln verdient sie als Pfarrerin in Gonsenheim; weiterhin ist sie Autorin in der Rundfunkarbeit und Moderatorin bei gutenberg.tv.
Veröffentlichungen: „Weltethos christlich verstanden" (gemeinsam mit Hans Küng, Herder Verlag), „14 Gründe, warum es sich lohnt zurückzublicken", „Lebenslinien" (beides EVA Leipzig), „Trauerspiel" (Knecht-Verlag), „Wer anderen eine Grube gräbt oder: Das Haar in der Suppe" (in: Perfekte Opfer, Leinpfad Verlag 2009), „Reden ist Silber, Schweigen ist Gold"* (in: Gleich nebenan, Leinpfad Verlag 2010), „Der Tod war pünktlich" (in: Mörderisches Rheinhessen IV. Ein Mord zu viel, Leinpfad Verlag 2011).

* In diesem Kurzkrimi erzählt Vera Bleibtreu von Dekan Dr. Weimann; eine Anspielung auf diese Vorgeschichte steht auf S. 49